24 heures de liberté

Pierre-Luc Bélanger

24 heures de liberté

ROMAN

David

Catalogage avant publication de Bibliothèque et Archives Canada

Bélanger, Pierre-Luc, 1983-, auteur
    24 heures de liberté / Pierre-Luc Bélanger.

En formats imprimé(s) et électronique(s).

ISBN 978-2-89597-382-9. — ISBN 978-2-89597-412-3 (pdf). —
ISBN 978-2-89597-413-0 (epub)

    I. Titre. II. Titre : Vingt-quatre heures de liberté.

PS8603.E42987V55 2013   C843'.6   C2013-905865-6
                                     C2013-905866-4

Les Éditions David remercient le Conseil des Arts du Canada,
le Secteur franco-ontarien du Conseil des arts de l'Ontario,
la Ville d'Ottawa et le gouvernement du Canada par l'entremise
du Fonds du livre du Canada.

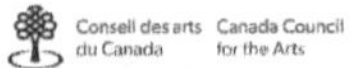

Les Éditions David   Téléphone: 613-830-3336
335-B, rue Cumberland   Télécopieur: 613-830-2819
Ottawa (Ontario) K1N 7J3   info@editionsdavid.com
www.editionsdavid.com

CHAPITRE 1

Le choc

— T'es capable de lancer mieux que ça, Sébastien, applique-toi! conseilla Claude à son fils.

Sébastien se concentra. Il laissa aller son bras vers l'arrière puis d'un coup sec, il propulsa le ballon de football vers l'avant. Claude retint son souffle, l'objet traça un arc dans le ciel. D'un réflexe sûr, Claude l'attrapa d'une seule main.

— Là, tu parles! cria-t-il à son fils, fier de son coup. Si tu t'exerces, tu pourras sans doute faire partie de l'équipe de ton école l'an prochain.

Sébastien chérissait le rêve de jouer pour son école secondaire et, par la suite, d'obtenir une bourse et de se joindre à l'équipe des Gee-Gees de l'Université d'Ottawa (tout comme son père l'avait fait près de vingt ans auparavant). Il ne souhaitait pas nécessairement en faire une carrière, mais il désirait tout de même profiter de quelques années de gloire et d'études gratuites grâce au football.

Le jeu fut interrompu par un appel de Lucie, la mère de Sébastien :

— Les gars, venez vous laver les mains! C'est le temps de souper!

Le père et le fils s'empressèrent de rentrer, à temps pour voir la petite Annie dévaler l'escalier, alléchée par les odeurs de pâtes et de fromage gratiné. À table, Claude vanta les mérites et les prouesses de son fils.

— S'il travaille, il pourra être un excellent quart arrière !

— Comme son père, répliqua Lucie, le regard scintillant.

Elle se souvenait de sa première rencontre avec son mari, alors joueur vedette, qui lui avait demandé de l'aide afin de réussir un cours de français à l'université.

La famille jasa de tout et de rien. Les enfants s'occupèrent ensuite de desservir la table et de remplir le lave-vaisselle, pendant que leur mère, traductrice à son compte, retournait à son ordinateur pour finir un texte destiné de toute urgence à un client important. Puis, Annie s'appliqua à un exercice de calligraphie et révisa des mots de vocabulaire. De son côté, Sébastien prépara une évaluation en sciences.

— P'pa, j'me trompe tout le temps pour les os de la main. Est-ce que c'est phalange, phalangette, phalangine ou phalange, phalangine, phalangette ?

— C'est le deuxième. Faut aller du plus gros au plus petit, répondit Claude, après un moment d'hésitation, distrait temporairement du problème de logiciel qui l'avait contrarié toute la journée. Employé de séKuritech, une entreprise d'informatique à Kanata, il élaborait des programmes de prévention de fraude sur Internet.

* *
*

Le lendemain, comme chaque jour de la semaine, Sébastien accompagna Annie à l'école. Après l'avoir laissée dans la cour avec ses amis de première année, il sauta dans un autobus d'OC Transpo et se rendit à son école, pas très loin de leur quartier, en banlieue d'Ottawa.

Malgré leur écart d'âge, ils passaient beaucoup de temps ensemble. Sébas prenait au sérieux son rôle de protecteur. Il avait avantage à s'occuper de sa petite sœur, puisque les filles trouvaient vraiment *cool* qu'il en prenne soin. En effet, l'adolescent était devenu populaire, grâce à sa réputation de gentillesse et de responsabilité. Lors des soirées, toutes les filles voulaient danser avec lui. Bien qu'il n'ait pas de copine sérieuse, il avait fréquenté un bon nombre de filles de dixième année.

En après-midi, l'enseignant de gym de Sébastien, M. Lagotte, lui demanda d'être joueur de réserve pour l'équipe de football afin de remplacer Grégoire qui devait se faire enlever ses dents de sagesse et raterait au moins une ou deux joutes. Le jeune Tardif avait hâte d'endosser le gilet aux couleurs de l'école.

Sébastien et Annie rentrèrent trempés, en fin de journée. L'aîné était heureux malgré l'orage surprise. Il s'empressa de prendre des serviettes.

– Va te changer Annie, je vais nous préparer du chocolat chaud.

La petite se rendit à sa chambre sans rouspéter. Sébastien préparait les meilleurs chocolats chauds, car il allait au-delà de la recette traditionnelle. Parfois, il l'enrichissait avec du miel ou de la cassonade ; ou même, il l'allongeait d'un soupçon de sirop d'érable dans chaque tasse fumante.

Le garçon décida d'ajouter un trait de lait dans la tasse de sa sœur, afin qu'elle ne s'ébouillante pas.

Les lampadaires éclairaient déjà les rues du quartier, même s'il était seulement 16h. Annie et Sébastien s'installèrent devant la télé en attendant que leur mère rentre à la maison.

* *

*

Lucie Tardif avait passé la journée à courir. Elle s'était rendue au centre-ville afin de remettre des documents à un client. Puis, elle était allée signer des contrats avec deux firmes de communication. Épuisée, elle décida d'appeler Sébastien pour qu'il commande des mets chinois. Ainsi, ni elle, ni Claude n'aurait à préparer le repas.

Claude Tardif arriva à 18h. Il y avait eu de nombreux embouteillages sur la 417. Les enfants avaient faim, ils placèrent les couverts sur la table en attendant que la commande soit livrée. Quand la sonnette retentit, Sébastien s'empressa de répondre à la porte. Après avoir payé le livreur, ils mirent le repas au réchaud, certains que leur mère allait se pointer d'un moment à l'autre.

Lucie descendit de l'autobus à quelques rues de la maison. Elle passa à la papeterie afin d'acheter un gros carton pour un projet scolaire d'Annie. Elle tenait le carton roulé dans sa main gauche en pressant le pas vers le trottoir. Comme elle traversait la dernière rue, un jeune au volant d'une Civic modifiée ignora le feu rouge. Le choc fut brutal. Lucie Tardif fut heurtée de plein fouet. Projeté sur le capot de la voiture, son corps roula au bord de la chaussée. En une fraction de seconde, le jeune chauffeur coupa le contact et sortit de sa voiture, en panique. Il avait peur de s'approcher de la victime, il tremblait et il tâchait de réprimer ses sanglots. Il se demandait si la dame était morte...

– Madame! Madame! Êtes-vous correcte?

D'autres chauffeurs se garèrent et s'approchèrent pour proposer leur aide. Un homme âgé composa le 911 sur son téléphone. Une dame se déclarant certifiée en réanimation cardio-respiratoire alla observer la victime avant de tenter la manœuvre. Une dizaine de personnes se regroupèrent autour de Lucie Tardif. Le silence régna jusqu'à ce que percent les sirènes stridentes d'une voiture de patrouille et d'une ambulance. Les préposés agirent rapidement. Le pouls de la victime était très bas. Les policiers se dirigèrent vers le jeune homme assis au bord du trottoir. En position fœtale, il se berçait lentement et marmonnait des excuses dans le vide.

Hémorragie interne, fracture du crâne, côtes fêlées, rotules pulvérisées, fémur et tibias cassés, poumon droit perforé, risque de traumatisme crânien sévère et coma. Le diagnostic de l'urgentologue donna peu d'espoir à la famille.

* *

*

Deux semaines s'écoulèrent. Lucie reposait toujours, inerte mais vivante, à l'unité des soins intensifs de l'hôpital Montfort. Claude et Sébastien tentèrent tant bien que mal d'expliquer à Annie pourquoi maman ne bougeait pas... La petite pleurait à chaudes larmes chaque soir, depuis le jour fatidique où sa mère n'était pas rentrée après son arrêt à la papeterie. M. Tardif obtint un congé spécial afin de veiller au chevet de son épouse. Les enfants passèrent trois jours avec lui. Le docteur Lahaie leur ayant suggéré de parler à Lucie régulièrement, ils s'adressaient au corps de leur mère, chacun leur tour, avec le mince espoir qu'elle les entende et que leurs paroles la tirent de son coma.

– Maman, c'est Sébas... reviens... j'taime...

Annie apporta son livre de contes. De sa petite voix, elle lisait lentement en redoublant d'effort afin d'éviter de mal prononcer un mot.

– Alors... la princesse... et le prince... partirent... dans le carrosse royal... vers le roy... royau... me... royaume des Grandes Licornes.

Ensuite, la vie changea dans la maison des Tardif. Claude et Sébastien se relayaient dans la cuisine et Annie aidait à l'entretien ménager. Chaque jour, la famille se rendait à l'hôpital. Toutefois, l'espoir qu'ils avaient eu au départ diminuait quotidiennement. Lucie était plongée dans son coma depuis maintenant deux mois, sans amélioration. On l'avait transférée des soins intensifs à la chambre 424.

Claude travaillait fort, mais sans la rémunération de son épouse, il ne restait pas beaucoup de sous pour les gâteries. Il fallait payer l'hypothèque, les comptes et nourrir la famille. Le père dut expliquer à son fils qu'il n'avait pas les moyens de lui acheter l'équipement de football dont il avait besoin pour remplacer le joueur qui se faisait enlever les dents de sagesse. Sébastien tenta de cacher son désarroi, mais Claude savait bien que son fils était triste : il le comprenait. L'adolescent garda tout de même la tête haute. Le bien-être de la famille devait passer avant tout.

Comme un malheur n'arrive jamais seul, la compagnie séKuritech bouleversa la vie de tout son personnel. Un vendredi maussade, le président convia tout le monde dans la grande salle de conférence. Il avait de grandes nouvelles à leur annoncer.

La petite entreprise fondée dans un sous-sol s'était transformée en une multinationale qui employait des milliers de gens et qui encaissait des dizaines de millions annuellement. Après de nombreuses années à tenter de percer le marché informatique, et d'autres encore à offrir des logiciels supérieurs à ceux des concurrents, séKuritech fusionnait avec un groupe allemand. Les employés se réjouirent d'abord de cette nouvelle. Le président mit fin à l'euphorie lorsqu'il déclara :

– D'ici deux mois, nous déménagerons toutes nos activités à Munich. Ma secrétaire vous enverra la documentation requise pour obtenir un visa de travail.

*　*
*

Chaque matin, Claude passait en revue toutes les annonces classées du journal *Le Droit* et même celles de l'*Ottawa Citizen*. Par la suite, il s'installait devant l'ordinateur et il naviguait sur les divers sites d'embauche. Depuis qu'il avait dû démissionner, il n'avait pas réussi à obtenir un nouvel emploi. Lorsqu'il était choisi par les comités de sélection, il échouait aux entrevues, car il était soit trop vieux, soit surqualifié. La récession ne favorisait pas les chômeurs.

Faute de fonds, il avait omis de payer certaines factures. Les créanciers étaient déjà à la porte. Claude renonça à son téléphone cellulaire, à toutes ses sorties et à sa voiture. Il trouva preneur pour sa Camry et s'acheta une vieille bagnole. La prochaine étape consisterait à vendre la maison. Pendant que Sébastien et Annie étaient à l'école, il se rendait à l'hôpital et parlait sans cesse au corps inerte de son épouse.

– Lucie, qu'est-ce que je vais faire ? On n'a plus une cenne. Si je réussis à vendre la maison et à rembourser notre hypothèque, il restera de quoi survivre quelques mois, un an au maximum. On n'a pas de famille ou d'amis qui peuvent nous aider… J'ai besoin d'un emploi, mais par les temps qui courent, il n'y a rien sauf des petites jobs dans des p'tits restaurants.

Claude prenait une pause dans l'espoir que sa femme se réveille de son coma et lui suggère une panoplie de solutions. Le silence dans la chambre était suffocant. Claude voulait crier tant le désespoir le hantait.

Un après-midi particulièrement décourageant, il s'empara des objets de valeur : téléviseurs, lecteurs DVD, ordinateur portable, tablette, lecteur mp3, stéréo, bijoux ; bref tout ce qui était susceptible de se vendre. Il se rendit chez un prêteur sur gages et céda tous les objets de luxe que la famille Tardif s'était procurés au fil des ans. Claude retint ses larmes lorsque le prêteur lui remit mille dollars. Ce qu'il venait de vendre lui avait coûté quinze ou vingt fois plus.

Sébastien et Annie devinrent très créatifs. Lorsque leurs amis les invitaient à des fêtes, au cinéma ou au restaurant, ils trouvaient toujours une excuse pour s'en sortir. Claude Tardif admirait ses enfants, qui montraient une maturité au-delà de leur âge. Savoir que ses enfants souffraient lui crevait le cœur. Il devait agir.

CHAPITRE 2

Avenue sans issue

Claude profita des heures que ses enfants passaient à l'école pour peaufiner son plan. S'il ne pouvait pas gagner d'argent honnêtement, il trouverait une autre solution. Ayant travaillé à l'élaboration de nombreux logiciels antifraude, il connaissait tous les points forts et les faiblesses de ces systèmes. Ses connaissances lui seraient fort utiles. Claude Tardif n'envisageait pas de dérober des millions. Il ne voulait que mettre la main sur assez d'argent pour effacer ses dettes et subvenir aux besoins de sa famille, jusqu'à ce qu'il se déniche un emploi.

Cent soixante-quinze mille dollars lui paraissait un bon chiffre. Devait-il en prendre plus ? Claude ne cessait de se questionner. Il avait calculé que telle était la somme requise pour régler ses créanciers. Il n'aurait pas à vendre la maison. Ses enfants reprendraient leur vie normale. Ils pourraient même se payer des petits luxes, tant et aussi longtemps qu'ils n'exagéraient pas. Il annoncerait aux enfants qu'il venait d'obtenir une prime d'assurance-invalidité au nom de son épouse. Claude Tardif envisageait de poursuivre ses démarches afin d'obtenir un emploi dans sa profession. D'ici là, il songeait à accepter n'importe quel boulot.

Motivé par la vengeance, Claude décida de s'attaquer à son ancien employeur, séKuritech. S'infiltrer dans le réseau de l'organisation lui serait très facile. Une fois à l'intérieur, il se faisait fort de dénicher des renseignements alléchants et de les proposer à des entreprises rivales, aux poches profondes. Le monde de l'informatique ressemble à la jungle, il faut être fort et futé pour y survivre.

Quelques jours plus tard, il passa à l'action. Après avoir embrassé ses enfants qui partaient pour l'école, Claude se rendit à l'hôpital où il tenta une dernière fois de s'expliquer avec sa femme.

– Lucie, c'est moi… je vais le faire. J'ai pas d'autre choix. Je le fais pour les petits. Excuse-moi.

Ayant vendu son ordinateur et sa tablette, il dut employer un ordinateur de la bibliothèque centrale d'Ottawa, à l'intersection des rues Laurier et Metcalfe. Claude s'installa devant l'ordinateur numéro vingt-deux. Il transpirait à grosses gouttes, ses mains tremblaient de nervosité. Une foule de questions se bousculaient dans sa tête. Pour se ressaisir, il prit de grandes inspirations, expira avec soulagement et se mit à l'œuvre.

Claude tapa l'adresse URL de séKuritech dans un fureteur. Puis, il tapa le code d'accès au réseau privé virtuel (RPV). En cinq minutes, il réussit à traverser les deux premiers niveaux de sécurité du système. Puis, il lança une recherche afin de trouver sur Intranet les prototypes de logiciels les plus récents utilisés par l'entreprise. Lorsqu'un autre usager de la bibliothèque vint s'asseoir devant l'ordinateur numéro vingt-trois, Claude manqua de s'étouffer. Son niveau de stress augmenta, il se sentit mal. Ce n'était pas le temps de paniquer ; l'informaticien en lui reprit le dessus et, en quelques clics, il dégota les renseignements qui l'intéressaient. Avant son départ, il avait contribué au développement d'une nouvelle fonction qui permettrait aux banques clientes de séKuritech de vérifier plus fidèlement l'identité des clients qui effectuaient des transactions en ligne. Maintenant, il avait devant lui toute l'information requise pour créer une copie de ce logiciel. Tardif extirpa une clef USB de sa poche de pantalon. Une minute passa, au cours de laquelle il enregistra les fichiers de base.

Dans les minutes suivantes, le fraudeur quitta la bibliothèque centrale. Ensuite, il prit l'autobus et se rendit à une succursale plus près de chez lui. Cette fois-ci, il se servit d'un ordinateur afin d'envoyer quelques courriels à des entreprises compétitrices, en leur faisant miroiter les bénéfices de son programme antifraude. Il ne lui restait qu'à attendre.

* *
*

Les deux semaines suivantes lui parurent interminables. Claude se rendait souvent à la bibliothèque afin de vérifier ses courriels. Il revenait toujours bredouille. L'unique lueur d'espoir dans le marasme où il se trouvait fut l'obtention d'un emploi à temps partiel dans une station-service. Lorsqu'enfin Claude reçut un courriel de la firme montréalaise Intel-privÉ, il n'en crut pas ses yeux. Il avait réussi à leurrer un compétiteur ! Ce dernier lui offrait un montant fort intéressant afin de mettre la main sur les renseignements confidentiels piratés à séKuritech. La compagnie IntelprivÉ comptait les utiliser pour augmenter sa part de clientèle dans un marché informatique fort concurrentiel.

* *
*

Un soir, quelques semaines plus tard, Sébastien venait de terminer ses devoirs. Il avait lu trois chapitres du roman à l'étude pour son cours de français, puis il avait fait les calculs requis pour son devoir de mathématiques. Pendant ce temps, Claude aidait Annie à mémoriser ses tables de multiplication.

Lorsque la sonnette se fit entendre, Claude s'adressa à son fils.

— Sébas, est-ce que tu peux aller répondre s'il-te-plaît ?

— C'est beau, répondit l'adolescent.

Deux policiers plutôt costauds attendaient sur le perron.

— Oui ? fit Sébastien.

— Je suis l'agent Brault et voici mon collègue, l'agent Kent. Est-ce que monsieur Claude Tardif est ici ?

— Oui, un instant… P'pa, viens, c'est pour toi !

Lorsqu'il aperçut les deux policiers en uniforme, Claude eut une soudaine montée de chaleur.

— Monsieur Tardif ? demanda l'agent Brault.

— Oui.

— Vous êtes en état d'arrestation, pour vol d'information et pour fraude.

CHAPITRE 3

Le malheur

Claude sentit une masse invisible lui asséner un coup. Annie n'avait pas patienté, elle était rendue dans l'entrée. Sébastien la retenait ; incrédules, tous deux regardaient la scène qui se déroulait sous leurs yeux.

— Inquiétez-vous pas, tout va se régler, leur promit leur père.

Sans donner la chance à Claude d'enlacer ses ouailles, l'agent Kent le menotta et le dirigea vers la voiture de patrouille. L'agent Brault s'adressa à Sébastien.

— Où est votre mère ?

L'adolescent expliqua brièvement leur situation. Le policier lui demanda de patienter un instant, il devait effectuer des appels : un au poste afin qu'un collègue vienne le chercher et l'autre à un travailleur social. Pendant ce temps, l'agent Kent quitta les lieux avec son prisonnier. Une heure passa à pas de tortue, puis un homme arriva à la porte et se présenta :

— Bonjour, les jeunes. Je m'appelle Jean-Charles Laframboise et je travaille pour la Société de l'aide à l'enfance d'Ottawa.

L'homme leur annonça qu'il les amènerait dans une famille d'accueil temporaire, en attendant qu'un placement permanent soit possible. Pendant que les jeunes Tardif remplissaient chacun une valise de vêtements et d'effets personnels, Sébastien déduisit qu'il n'y avait jamais eu de remboursement d'assurance-invalidité, contrairement à ce que son père lui avait laissé entendre. À ses yeux, ce dernier était devenu un menteur et un criminel. Pour un bref instant, il en eut honte, puis il le détesta. Finalement, l'ado prit son père en pitié.

Claude s'était fait prendre. Un ancien collègue avait alerté les autorités en s'apercevant que la compagnie Intel-privÉ avait mis en marché, sous un autre nom, un logiciel identique à celui de séKuritech, en phase de révision avant sa commercialisation. L'enquête policière avait fait avouer à l'acheteur la source de son nouveau produit. Ainsi, le nom de Claude Tardif avait fait surface. Ce dernier n'avait pas pris énormément de précautions, croyant que la distance entre le Canada et l'Allemagne, où séKuritech avait maintenant son siège social, serait de son côté. De plus, le fraudeur avait surestimé la honte qui rejaillirait sur une entreprise anti-fraude victime de piratage. Il avait cru, à tort, que nul ne voudrait ébruiter ce déshonneur.

Il savait qu'il avait commis un crime. Il plaiderait coupable lors du procès. Son avocat lui avait recommandé d'expliquer ce qui l'avait poussé à enfreindre la loi. En admettant que son larcin était injustifiable, il pourrait tenter d'attirer la sympathie du juge. Ainsi la durée de son incarcération serait peut-être réduite.

Au fil des mois qui suivirent, l'avocat appela régulièrement Sébastien et Annie afin de leur donner des nouvelles de leur père. Sébastien tentait en tout temps de paraître fort, peu importait la situation. Ce n'était pas facile, mais l'adolescent ne voyait aucune alternative, il le devait, pour sa sœur.

On condamna M. Tardif à trois ans de prison. Claude devait purger sa peine au pénitencier de Kingston, loin des siens. Il n'avait pas revu ses enfants depuis son arrestation, ayant refusé qu'ils assistent au procès. Heureusement, il avait pu leur parler brièvement au téléphone.

— Je m'excuse tant. J'ai été vraiment stupide. J'aurais dû vendre la maison, nous aurions pu vivre en appartement...

— Papa, arrête. C'est trop tard, avait répondu Sébastien, d'un ton ferme.

— Je le sais, avait répliqué Claude, navré.

— Reviens, papa! avait pleurniché Annie.

— Dans un bout de temps ma chérie, dans un bout de temps. Papa t'aime, avait-il affirmé avant d'être forcé de raccrocher, sous l'œil vigilant d'un garde.

*   *

*

Le véritable cauchemar commença un mercredi soir. M. Laframboise vint annoncer aux enfants qu'il n'avait pas trouvé de famille d'accueil permanente capable de les recevoir tous les deux. Ils devraient être séparés. La petite serait relocalisée à Kanata, tandis que l'adolescent irait vivre au centre-ville d'Ottawa.

La soirée s'avéra fort difficile. Les deux jeunes pleurèrent à chaudes larmes. Sébastien promit à sa sœur qu'il prendrait l'autobus pour aller la visiter le plus souvent possible dans l'ouest de la ville. De plus, il trouverait moyen de les réunir coûte que coûte, avant que papa sorte de prison. Il utiliserait la vidéo conférence via Internet, il supplierait, il s'inventerait une maladie qui forcerait les adultes à laisser Annie visiter son frère. Peut-être que maman sortirait de son coma…

La famille qui accueillit Annie était bien gentille. Le couple dans la fin trentaine n'avait pas pu avoir d'enfants et donc, souhaitait en adopter. En attendant de pouvoir le faire, Marie-Christine et Mathieu s'étaient portés volontaires comme famille d'accueil. Annie entra dans un mutisme complet, ce qui inquiéta grandement ses parents d'accueil.

Pour sa part, Sébastien fut placé dans une famille où on lui accordait peu d'attention. Il en vint à croire fermement que cette famille hébergeait des enfants uniquement afin d'obtenir la prime qui accompagnait chaque jeune. Sébastien devait partager une petite chambre avec trois autres adolescents. Dès son arrivée, on lui assigna la couchette du bas d'un des deux lits superposés. Pour un bref instant, Sébastien se crut condamné au pénitencier, comme son père.

Après quelques semaines, Sébas dut bien se rendre compte qu'il ne pouvait voir sa sœur et sa mère que rarement, faute d'argent et de billets d'autobus. Annie s'enfonça dans son mutisme et arrêta presque de manger. M. Laframboise fut contacté et organisa une rencontre avec ses protégés.

CHAPITRE 4

S.O.S au Camp Jeune Avenir

Lorsque M. Laframboise réussit à réunir Sébastien et Annie, les deux jeunes se jetèrent dans les bras l'un de l'autre. La petite sanglota de joie. Enfin, elle retrouvait son grand frère.

— Annie, tu sais, il faut que tu sois forte. Mange, parle, essaie d'être le plus joyeuse possible, lui suggéra Sébas.

Peu après, le travailleur social promit d'organiser des visites plus régulières. Sur cette heureuse nouvelle, les jeunes Tardif se quittèrent de meilleure humeur. La cadette avait retrouvé son appétit et un brin de causette. Elle parut tout de même s'empêcher d'être heureuse, à l'exception des rares visites de son frère. Le changement d'école en pleine année scolaire rendit la transition plus pénible encore. Les deux jeunes Tardif avaient non seulement perdu leur parents, leur maison et la compagnie l'un de l'autre, ils avaient perdu leurs amis. Fini les fins de semaine à jouer, terminé les sorties au cinéma ou au centre commercial.

À l'approche de l'été et de la fin des classes, Sébastien et Annie se retrouvèrent sans projet de vacances pour la première fois de leur vie. Les Tardif avaient l'habitude de voyager l'été, logeant à l'hôtel, faisant du camping ou louant un chalet. Cette fois-ci, rien. Avec un père au pénitencier et une mère dans le coma, Annie et son frère entretenaient peu d'espoir de passer des vacances agréables.

Sébas avait bien une idée. Tant qu'à être prisonnier de sa famille d'accueil, il préférait travailler. De cette façon, il aurait les fonds nécessaires pour visiter sa sœur et sa mère et, peut-être, prendre l'autobus et se rendre à Kingston. Il n'était pas sûr de l'emploi qu'il pourrait obtenir sans aucune expérience. Lorsque Sébastien mit sur la table le sujet d'un emploi d'été, ses parents d'accueil ne furent pas très réceptifs.

— Tu sais, dit l'homme, un emploi c'est une grosse responsabilité. Si tu en obtiens un, tu deviens un travailleur, pas juste un élève. Ton statut changera à l'Aide à l'enfance...

— Tu devras payer ta pension, car l'Aide à l'enfance ne paye pas gros et ils vont réduire leur contribution, s'empressa d'ajouter la femme.

— Je comprends, je pense que je suis assez responsable, pis ça me tiendra occupé, moins dans vos jambes... répondit Sébastien.

— Y a toujours ça... approuva la femme.

La discussion se termina sur la promesse du couple d'y penser et d'en parler à M. Laframboise. L'adolescent espérait bien obtenir gain de cause. Ce soir là, il eut la permission de se servir du téléphone pour appeler sa sœur.

— Pour cinq minutes maximum! ordonna l'homme.

Annie fut bien heureuse d'entendre la voix de son frère. Elle lui raconta que ses parents d'accueil l'avaient amenée cueillir des fraises. L'adolescent était soulagé que sa sœur ait été placée dans une bonne famille ; si seulement elle l'avait accepté lui aussi...

*　*
*

L'école était terminée. Sébastien dut renoncer à travailler et accepter, un peu à contrecœur, le compromis suggéré par M. Laframboise.

— Écoute Sébastien, j'ai des bonnes nouvelles... Chaque année, la Société de l'aide à l'enfance d'Ottawa envoie des jeunes dans un camp d'été.

— Je suis trop vieux pour ça, répondit Sébastien.

— Tu n'as pas encore seize ans...

— Dans quelques semaines, interrompit l'adolescent.

— Ce n'est pas uniquement un camp d'été, mais aussi un camp de leadership et de préparation à la vie pour les jeunes du secondaire. Tu vas pouvoir suivre des ateliers de cuisine, de menuiserie...

Du coup, toutes les idées pêle-mêle s'ordonnèrent dans la tête de Sébas. De façon très politiquement correcte, M. Laframboise tentait de lui dire qu'il n'irait pas à l'université, que son rêve d'être un *Gee-Gees* était mort, qu'il devrait se trouver un emploi dès la fin du secondaire afin de subvenir à ses besoins. Même une fois son père libéré, Sébastien demeurerait pauvre. Un dossier judiciaire n'étant jamais garant de succès dans la recherche d'emploi, la réinsertion de Claude dans la société coûterait cher à la famille.

* *

*

— Culottes courtes, jeans, sandales, bas, manteau, gilets…

Sébastien faisait l'inventaire des articles obligatoires pour le camp. L'adolescent aurait préféré demeurer en ville, mais comme la Société de l'aide à l'enfance d'Ottawa voyait les choses autrement, il suivait les règles. Il l'avait toujours fait. « C'aurait pu être pire. J'vais être forcé à passer mes vacances au bord d'un lac, où je pourrai me baigner et me promener en canot. Bien des familles payent des centaines de dollars pour envoyer leurs enfants dans un tel endroit. »

Quand le téléphone sonna, Sébastien l'ignora. Ses gardiens interdisaient l'emploi du téléphone à tous les jeunes. L'appareil servait uniquement aux adultes, à moins d'une permission spéciale. Sébas fut étonné lorsqu'il entendit crier :

— Tardif, téléphone !

Depuis son arrivée, il n'avait jamais reçu d'appel. Une foule d'idées lui traversèrent l'esprit. Est-ce que sa mère était sortie du coma ? Est-ce que son père avait obtenu une libération conditionnelle ? L'adolescent se rendit dans le couloir où un vieux téléphone des années quatre-vingt trônait sur une table de contreplaqué, en forme de demi-lune.

— Oui ? Allo ?

— Sébastien, c'est moi.

— Salut Annie, qu'est-ce qui se passe ?

                    24 heures de liberté

– Je vais déménager dans une autre famille.

– Quoi ?

Annie expliqua à son grand frère que le couple chez lequel elle demeurait venait d'adopter un enfant. Il n'avait donc plus de place pour elle. Dès que sa sœur eut raccroché et sans même demander de permission, il appela M. Laframboise. Le travailleur social ne fut nullement surpris. Annie avait dit vrai. Elle irait vivre à Orléans temporairement. Il n'y avait rien à faire, la décision ayant déjà été prise. Il promit au jeune qu'il donnerait le numéro de téléphone du camp à Annie.

Sébas retourna à la chambre, où il finit de préparer son sac pour le camp. Tous les jeunes devaient se rendre devant l'Hôtel de ville, rue Laurier, afin de monter dans l'autobus jaune en direction du Camp Jeune Avenir, au lac M... quelque chose. Sébastien se souvenait seulement que c'était à environ une heure d'Ottawa.

*　　*

*

On plaça Annie chez une vieille dame qui accueillait des enfants depuis des années, même si elle n'avait rien des gentilles grands-mères qui gâtaient leurs petits-enfants. Ses pensionnaires devaient se plier à une longue liste de règlements. Ils devaient nettoyer la maison de fond en comble. Ils devaient se coucher à 19 h. Ils n'avaient pas le droit de parler sans permission. Pendant leurs moments libres, les enfants devaient demeurer dans leur chambre, qui n'était meublée que d'un lit, d'un bureau et d'une chaise. Aucune lampe, pas de livre, de jouet ou d'objet distrayant. La première nuit, Annie ne

dormit pas. « Qu'est-ce que j'ai fait pour être ici ? »
se demanda-t-elle.

* *

*

Le Camp Jeune Avenir avait pris d'assaut une
ancienne pourvoirie. L'édifice central contenait
la cuisine, la salle à manger et trois « classes ». À
dix mètres de cette imposante construction, un
abri de bois au toit de tôle logeait des tables de
ping-pong, de billard et de hockey. Douze petits
chalets étaient éparpillés dans un rayon de cinq
cents mètres de la bâtisse principale. Deux chalets
étaient réservés aux employés et le reste à la dispo-
sition des jeunes. Les quarante adolescents (vingt
filles et autant de gars) avaient été réunis près de
l'abri de jeux. Ils y firent la rencontre des deux
moniteurs, des étudiants universitaires.

– Bonjour et bienvenue au Camp Jeune Avenir.
J'm'appelle Jason, annonça le grand jeune homme
aux cheveux roux.

– Moi, c'est Louise ! ajouta la monitrice.

Par la suite, chaque jeune dut se présenter ;
puis, il y eut l'attribution des chalets. Les campeurs
pigèrent au sort dans deux petit bocaux remplis de
noms, un pour les gars et l'autre pour les filles. Ils
se regroupèrent à quatre par chalet et se rendirent
à leur nouveau chez-eux. Ils avaient trente minutes pour s'installer et faire connaissance avant la
prochaine rencontre de groupe. Sébastien agrippa
les courroies de son sac, le balança par-dessus son
épaule droite et suivit ses trois compagnons.

Bien qu'il fût toujours tôt, le soleil plombait.
Vêtu de culottes courtes et d'un *t-shirt*, Sébastien

                                            24 heures de liberté

suivit le troupeau jusqu'à l'aire de rencontre. Il s'aperçut vite que beaucoup de jeunes ne semblaient pas contents d'être là. Sébas s'adressa à Rick, un de ses cochambreurs, afin de savoir ce qui les dérangeait tant.

— C'est ta première fois ici, hein ?

Sébastien acquiesça.

— Pour la plupart de nous, c'est rendu de la routine. C'est plate, on fait la même chose depuis qu'on est jeune et balancé d'un foyer à un autre. Passer ta vie à savoir que personne te veut, c'est pas facile. Pis être garroché icitte, ça montre encore que t'es pas comme les autres. Bienvenue au Camp Jeune Sans Avenir ! ajouta Rick, sarcastiquement.

Sébastien souhaita que sa visite au camp ne devienne pas une tradition jusqu'à la fin de son secondaire. Le jeune Tardif n'eut pas de temps pour réfléchir. Jason et Louise présentaient déjà l'horaire de la journée : tir à l'arc, dîner BBQ et canot. La journée s'annonçait plus intéressante que de se tourner les pouces dans sa famille d'accueil.

* *
*

Lors d'un déjeuner, Annie avait accidentellement renversé son verre de lait. Bien qu'elle se soit excusée et qu'elle ait nettoyé le dégât, elle se fit punir : aucun breuvage pour le reste de la journée ! La petite fut emprisonnée dans sa chambre pour la durée de sa peine. Annie regretta d'avoir renversé le lait. Elle se promit qu'un tel accident ne se reproduirait pas. La jeune Tardif s'inquiéta, jamais de sa vie elle n'avait été privée de boire ou de manger. Tiendrait-elle le coup ? Une fois de plus, Annie souhaita que sa mère se réveille, que son père soit libéré et que son frère revienne du camp.

La matrone était furieuse. Elle se demandait bien pourquoi on lui confiait toujours des mauvais garnements. La vieille dame les abritait et les nourrissait, n'était-ce pas suffisant?

La petite eut soudainement le goût de parler à Sébastien. Elle colla son oreille à la porte et écouta attentivement les allées et venues de sa matrone. Une fois qu'elle entendit la porte d'entrée se refermer, elle sortit en catimini et se dirigea au salon. Elle fouilla dans ses poches, y repêcha le papier avec le numéro de téléphone que M. Laframboise lui avait remis, elle composa le numéro. La sonnerie retentit trois fois avant que quelqu'un réponde.

— Camp Jeune Avenir.

— Bonjour, j'veux parler à Sébastien Tardif, s'il-te-plaît.

Annie dut patienter; en arrière-plan, elle entendait des bruits de casseroles, d'eau de robinet et le ronronnement d'un réfrigérateur. Finalement, Sébastien répondit.

— Allo?

— Sébas, c'est moi.

— Est-ce que ça va, Annie? demanda-t-il d'un ton inquiet.

— La madame est méchante. J'ai renversé du lait pis je dois rester dans ma chambre et je peux pas boire pour le reste de la journée...

— Quoi?

Annie continua à décrire sa vie dans sa nouvelle maison d'accueil. Sébastien l'écouta, désespéré. La petite tentait de tout raconter à son frère; du coup, elle n'entendit pas la porte d'entrée s'ouvrir et se refermer. Elle ne s'aperçut pas que sa tutrice était derrière elle. La dame la tira par les cheveux, puis la poussa par terre.

– Pas de téléphone, j'ai dit ! rugit-elle.

Sébastien entendait les cris de la dame ainsi que les sanglots de sa sœur.

– Annie ! Annie ! cria-t-il.

Les employés de la cuisine le regardèrent avec des yeux inquisiteurs.

Une fois de plus, il hurla :

– Annie ! Annie !

Cette fois, il entendit le clic du téléphone qu'on raccroche. Qu'allait faire la dame à sa sœur ? Il aurait voulu appeler la police, mais il était persuadé qu'il ne serait pas écouté. Il appela donc M. Laframboise.

CHAPITRE 5

La noyade

Sébastien ne montra pas d'intérêt pour les activités organisées par les moniteurs. L'appel de sa sœur l'avait grandement perturbé. Sa conversation avec M. Laframboise ne lui avait pas remonté le moral. Personne n'irait voir Annie. L'adolescent ne comprenait tout simplement pas comment un cri de détresse comme celui qu'avait poussé la petite, ne retenait pas l'attention du travailleur social. Il devait y avoir une faille dans le système… Quelqu'un devait faire quelque chose.

Préoccupé, Sébas suivit mécaniquement les consignes des moniteurs. Tel un zombie, il participa aux activités et mangea son repas. Ses cochambreurs s'aperçurent de sa mélancolie. Sébastien leur expliqua qu'il avait reçu des mauvaises nouvelles lors du dîner, sans en dire plus.

Les gars qui avaient sans doute déjà vécu de telles situations n'insistèrent pas. Ils préféraient se servir une seconde rasade de breuvage et reluquer les filles qui ricanaient dans un coin. Ce n'était pas facile de se trouver une copine ; les orphelins n'attiraient pas beaucoup, quelle que soit leur apparence physique. La plupart du temps, les parents ne voulaient pas que leur petite princesse sorte avec un gars de foyer d'accueil. Beaucoup de parents ne distinguaient pas entre un foyer d'accueil et une maison de groupe, où logeaient les jeunes aux antécédents peu glorieux (problèmes de drogue, de violence ou d'alcool). Alors, les orphelins tentaient de séduire les jolies orphelines. En temps normal, Sébastien aurait remarqué les nombreuses filles qui lui jetaient des regards timides. Après tout, il était nouveau.

* *
*

Après le feu de camp, les jeunes devaient se rendre à leur chalet pour la nuit. Ils avaient quinze minutes pour se préparer avant qu'on éteigne les lumières. Sébastien se brossa les dents et se changea avant de se coucher. Contrairement à ses cochambreurs, il ne tomba pas immédiatement dans les bras de Morphée. Les yeux grands ouverts, il fixait le plafond de pin noueux. Il écouta le bourdonnement des insectes et le croassement incessant des grenouilles. À de brefs intervalles, dans la noirceur étouffante, il appuyait sur sa montre afin que la lueur verdâtre lui dévoile l'heure. Aux cinq minutes, il était déçu de ne pas trouver le sommeil. Il aurait aimé appuyer sur l'interrupteur, être baigné de lumière, puis lire un brin afin de se changer les idées.

Il dormit une vingtaine de minutes avant de se réveiller en sursaut. Il venait de rêver à Annie. Recroquevillée dans un coin, elle pleurait. Comme il approchait, il s'apercevait qu'elle avait la figure tuméfiée. Sa sœur avait des touffes de cheveux qui lui manquaient et ses bras étaient couverts de cicatrices. En sueur et prêt à attaquer, Sébas eut besoin d'un instant pour comprendre qu'il était toujours au camp.

Une fois de plus, l'adolescent consulta sa montre. Il était minuit. Il en avait marre des règlements : il s'occuperait de sa sœur. Il l'enlèverait d'entre les mains de cette méchante dame et ils fugueraient ensemble, jusqu'à ce qu'un de leurs parents puisse s'occuper d'eux. Il avait donné à M. Laframboise l'occasion d'agir. Maintenant, c'était son tour !

Silencieusement, l'adolescent se leva, remit ses vêtements de la veille, ramassa ses possessions et les fourra dans son sac. Discrètement, il sortit du chalet. Cette première étape se déroula sans problème. La suite pourrait s'avérer plus difficile. Il décida immédiatement qu'un moyen de transport serait essentiel pour fuguer. Alors, il se dirigea vers le stationnement des employés, derrière la cuisine. Il pensa « emprunter » une voiture... Toutefois, il changea d'idée, se disant que déjà, un vol avait fait sombrer sa famille dans le pétrin. Il n'agirait pas de façon illicite. Sébas trouverait un autre moyen pour quitter le camp.

« J'pourrais marcher... », pensa-t-il. Cependant, Sébastien se souvint que le chemin emprunté par l'autobus était étroit, sinueux et bien caché par des arbres. Sans lampe de poche, il ne pourrait voir où il poserait les pieds. De plus, le feuillage était tellement épais qu'il bloquerait toute lueur de la lune. Un peu découragé, il retourna vers son chalet. « Aussi bien attendre l'aurore », se dit-il avant d'avoir une autre idée. En après-midi, tous les jeunes avaient fait une randonnée en canot. Il pourrait fuir par le lac. La lune lui serait favorable.

Au pas de course, Sébas se rendit à la plage. Il n'eut pas de problèmes à localiser les canots, qui heureusement n'étaient pas enchaînés les uns aux autres. Toutefois, il eut plus de difficulté à trouver un aviron et un gilet de sauvetage. Le matériel requis était rangé dans une vieille remise dont la porte grinçait à en réveiller les morts. Avant de faire du vacarme, Sébastien décida de tirer un canot jusqu'au bord du lac et d'y placer son sac. Ainsi, il ne lui resterait qu'à prendre une veste et un aviron au hasard et à courir. Avant que les moniteurs réalisent que le bruit provenait de la remise, il serait dans l'embarcation.

Il eut plus de mal que prévu à transporter le canot, mais il réussit tout de même à le positionner comme il le voulait. En chemin vers la remise, Sébastien dut se tapir rapidement derrière une grosse souche, car il n'était plus seul. Il tendit l'oreille… quelqu'un venait, à en croire le bruit des branches cassées. Puis, il y eut un peu de silence. Sébastien retint son souffle. Finalement, grâce à la lune, il vit Jason et Louise, venus à la plage pour un bain de minuit.

– Merde! laissa échapper Sébastien, tout bas.

Les deux amoureux allaient l'empêcher de partir aussi vite qu'il l'eût souhaité. L'adolescent regarda le couple batifoler dans l'eau, en espérant qu'il ne remarque pas le canot près du bord et qu'il ne demeure pas trop longtemps dans le lac. Sébas se sentit mal à l'aise d'être témoin de la baignade nocturne. Il avait l'impression d'être un voyeur. Même en voulant détourner les yeux, il n'en était pas capable. À quinze ans, la tête d'un gars est monopolisée par une idée fixe. Sébastien suivait la norme. Louise était une belle jeune femme, il la voyait de près. La pénombre voilait ses défauts ; elle semblait donc parfaite.

Quand les moniteurs quittèrent la plage, Sébas décida qu'il était temps de se sauver. En fait, c'était maintenant, ou jamais. Tel un éclair, il se leva et ouvrit la porte de la remise qui gémit intensément ; il prit un aviron et une veste de sauvetage au hasard, puis il se mit à courir vers la berge. Alerté par le grincement, Jason lâcha un cri, soupçonnant la fugue d'un campeur. Comme Sébastien quittait la rive, il le vit se rendre à la remise avec Louise. Les moniteurs mirent un canot à l'eau et embarquèrent, puis ils avironnèrent vivement afin de rejoindre l'autre rameur. Sébastien avait une certaine longueur d'avance, mais seul, il n'était pas de taille. En une fraction de seconde, il dut prendre une décision. Il détacha son gilet de sauvetage, tint le rebord gauche du canot à deux mains et d'un coup sec, il le fit verser.

La lune se mirait dans le lac. Les deux moniteurs scrutèrent la surface. Ils virent le canot renversé, un gilet de sauvetage et plus loin, un aviron à la dérive. Louise déposa sa pagaie et se jeta à l'eau. Dans le noir, elle espérait rattraper un corps, à tâtons. Essoufflée, elle remonta dans le canot et laissa Jason sauter à son tour. Les deux instructeurs n'eurent bientôt d'autre choix que d'abandonner. Ils rapatrièrent le gilet de sauvetage et l'aviron avant de retourner le canot et de tout ramener au bord. Piteux, ils rangèrent l'équipement et ils se dirigèrent vers le chalet pour en informer le responsable.

Ce dernier sauta une coche en apprenant qu'il y avait eu une noyade et fit réveiller tout le personnel. Munis de lampes de poches, les autres moniteurs prirent à leur tour des canots et reprirent les recherches. Ils eurent beau ratisser le lac, ce fut peine perdue. De retour au camp, le chef sonna l'alarme générale. Les lumières s'allumèrent. Tous les jeunes furent réveillés et convoqués d'urgence à la grande salle. Ils arrivèrent en soufflant des haleines de morts-vivants, les cheveux ébouriffés, des cernes sous les yeux. Tous se demandaient ce qui pouvait bien s'être produit. Dans la mémoire collective des jeunes qui avaient été pensionnaires au camp à maintes reprises, il n'y avait jamais eu de tel réveil en pleine nuit. Les moniteurs s'occupèrent de vérifier les présences, pendant que les employés de la cuisine fouillaient tous les bâtiments. Une seule personne manquait à l'appel : Sébastien Tardif. Il fallait prévenir la police immédiatement.

* *
*

Sébastien flottait, bien vivant. Sa tactique de diversion avait réussi. En faisant verser le canot volontairement, il savait qu'il sacrifiait son sac et ses possessions ; en échange, il obtenait la liberté. « Qu'ils pensent que j'suis mort ! pensa-t-il. Au moins ça me donnera du temps pour me rendre chez Annie. »

Sébastien était demeuré sous l'eau le plus longtemps possible. Lorsqu'il remonta à la surface, il tâcha d'être silencieux. Une fois qu'il s'aperçut que les deux moniteurs avaient abandonné leurs recherches, il se mit à nager. Quelques nuages obstruaient la clarté de la lune. Sébas n'était pas trop certain de la direction à prendre. En plissant ses paupières, il réussit à distinguer la plage dans la distance, les canots et la remise du camp. Il nagea alors dans le sens opposé. Il essayait de se souvenir du littoral qu'il avait vaguement observé durant l'excursion de l'après-midi. Quelle était la distance entre la plage et la rive opposée ? Sa mémoire avait des failles ; il décida de nager et de prendre une décision une fois qu'il toucherait terre ou qu'il serait trop fatigué pour continuer.

L'adolescent se débrouillait bien dans l'eau, mais il n'avait rien d'un athlète olympique. Ses vêtements et ses chaussures trempés lui rendaient la tâche encore plus ardue. Une forte crampe provoqua des vagues de douleur du côté gauche de son ventre, il eut peur de couler et ralentit. Il n'avait pas simulé la noyade pour mourir quelques centaines de mètres plus loin. Malgré la douleur, il se força à nager, quoique plus lentement. En songeant à Annie qui souffrait, Sébastien nagea. En pensant à sa mère, prise entre la vie et la mort à l'hôpital depuis des mois, il nagea encore. En s'inquiétant de son père, qui devait souffrir de solitude et de remords extrêmes, il continua à nager. Toute sa famille vivait un calvaire. Tout ce que lui avait à faire, c'était de nager. Soudainement, plein de vigueur, il augmenta la cadence. Il y était presque. Les nuages s'étaient dispersés. Il voyait le reflet de l'astre lunaire sur l'écorce blanche d'un bouleau. Le jeune nagea encore jusqu'à toucher au fond. Il se leva et fit quelques pas hors de l'eau.

CHAPITRE 6

L'instinct de survie

Les deux pieds fermement ancrés sur la grève, Sébastien appuya sur l'indicateur lumineux de sa montre : 1 h. En soixante minutes, il était devenu quelqu'un de nouveau, quelqu'un qu'il ne connaissait pas. Pour la première fois de sa vie, il ne suivait pas les règlements. Là, debout sur la grève, il commençait à comprendre son père.

Un coup de vent lui glaça l'échine. Il sortit alors de son état d'introspection. Décidant que la meilleure façon de sécher ses vêtements et de rester au chaud serait de bouger, il se mit à marcher. Nord, sud, est ou ouest ? Il n'en avait pas la moindre idée. Il décida de longer le littoral à sa droite. Parfois, ses pieds foulaient le sable mou d'une plage ; à d'autres moments, il butait contre des souches. Il avait l'impression de faire peu de progrès. Tout se ressemblait dans la pénombre : plages, rochers, arbres. Découragé, il s'adossa contre un tronc. Quelle brillante idée il avait eue de devenir naufragé ! Il ne trouvait pas de chalet, pas d'abri... Il était entouré d'eau ! Il aurait pu se rapprocher d'un signe de civilisation. Mais non, il avait nagé jusqu'à une île déserte. Il tentait de se sauver d'une prison et s'en était trouvé une autre.

Une fois de plus, il eut une vision de sa petite sœur qui endurait les sévices d'une folle. Ce n'était pas le temps de s'apitoyer sur son sort et de se décourager face à de petites embûches. Sa promenade le long de la grève s'avérant infructueuse, il décida d'explorer le centre de la petite île. Tel un aveugle sans chien guide ni bâton, Sébas marcha lentement en tendant les bras vers l'avant. Délicatement, l'explorateur écarta des branches afin qu'elles ne lui reviennent pas en pleine figure. Trempé, il n'avait pas besoin d'être fouetté par les branches. Un seul supplice allait suffire.

Au centre de l'île, il découvrit une petite clairière. Ses yeux, qui s'étaient graduellement acclimatés à la noirceur, durent s'adapter à un peu de clarté. Sébastien cligna des yeux deux ou trois fois. Puis, il scruta les alentours. À sa droite, il distingua une table de pique-nique. Devant lui, au milieu de la clairière, il décela un foyer formé de pierres rondes de diverses tailles. Il se rendit à la table de pique-nique et s'assit sur un banc. Lentement, il glissa les doigts sur la surface de la table et sentit les inscriptions gravées par de nombreux campeurs. Il aurait aimé avoir un couteau afin d'en faire autant. Ainsi, la table retiendrait son état d'âme lors de son passage sur cette maudite île.

La fatigue s'empara de l'adolescent. Il croisa les bras sur la surface de la table et y appuya la tête. Il cligna des yeux quelques fois, puis il s'assoupit. Pas longtemps. Il ne pouvait pas se reposer. Il devait bouger. Il devait trouver un moyen de quitter l'île ; rejoindre la rive puis, puis... il ne

   24 heures de liberté

savait pas. Sébastien réalisait qu'il avait mal planifié sa fugue. « J'aurais dû patienter », se dit-il.

Il frissonna une fois de plus, dans ses vêtements mouillés. Il se leva et décida de tenter encore sa chance à la nage. Il avança de quelques pas avant de s'immobiliser sur la rive. Là, il scruta l'horizon et vit quelques lumières scintiller à une distance qu'il pouvait difficilement estimer. Dans l'eau où se mirait la lune, il entrevit des formes. « Ça doit être d'autres îles ou des rochers », se dit l'adolescent.

Le jeune prit une grande inspiration et expira puissamment. Puis, il avança lentement dans l'eau fraîche. Lorsqu'il en eut aux genoux, il hésita. Était-ce de la folie que de s'y jeter une seconde fois ? Il fit encore quelques pas jusqu'à avoir de l'eau à la taille, se pencha vers l'avant et commença à nager. Il alternait entre une brasse à droite puis une à gauche, en poussant le plus d'eau possible vers l'arrière. Il se propulsait en donnant des coups de pied disgracieux, ses chaussures remplies alourdissant ses mouvements.

— Encore un peu, encore un peu, s'encourageait Sébastien.

Sébas retint un juron quand sa main droite heurta un rocher. Il s'y accrocha difficilement, car la surface était glissante. Il s'étendit du mieux qu'il put et tenta de ralentir ses battements de cœur. L'adolescent respira profondément, comme le lui avait enseigné son professeur d'éducation physique. Petit à petit, son rythme cardiaque se rétablit et il respira normalement.

Le rocher sur lequel il avait trouvé refuge n'était pas très grand, mais la surface qui affleurait était relativement plane. Il décida de poursuivre sa nage. Il n'y avait pas de raison de prolonger son séjour sur la pierre, sans moyen de se réchauffer ou sans bateau abandonné pour continuer sa traversée du lac. Cet îlot ne lui offrait aucune aide. Pour la troisième fois, il se glissa dans l'eau et se mit à nager. Ses muscles endoloris gênaient ses mouvements. À chaque mètre qu'il franchissait, il risquait de subir un spasme musculaire ou d'avoir une crampe et d'être forcé d'abandonner. Il prit une pause et se laissa flotter. Heureusement, il n'y avait pas de courant pour l'éloigner de son objectif.

Après une minute à flotter, il se remit à nager. En plissant les yeux, il vit dans la distance un reflet dans une fenêtre. Il s'y rendrait ; il se le promit. Ayant évalué la distance à trente brasses, il se mit à faire le décompte, en gardant les yeux sur son objectif. « Trente, vingt-neuf… dix-huit, dix-sept … il y était presque… dix, neuf ».

Une violente crampe le paralysa. Il se tint le ventre à deux mains, puis il se recroquevilla. Il éprouvait beaucoup de difficulté à demeurer à la surface. Le poids de son corps en boule le tirait vers le fond. Une fois entièrement submergé, il eut une vision de sa petite sœur qui pleurait. En dépit de la douleur, il abandonna sa position fœtale et donna quelques coups de pieds pour se propulser à la surface.

Quand sa tête perça l'onde, l'entrée rapide d'air qui gonflait ses poumons lui fit mal. Il continua à compter : « Huit… sept… ». À cause de la douleur, il avait réduit sa cadence, mais il s'encourageait. La lueur dans la fenêtre grandissait. « Trois, deux… » Un dernier effort et Sébastien réussit à se tirer sur la plage, les jambes toujours dans l'eau, mais le haut du corps étendu sur la rocaille. Il était finalement sur la terre ferme et entrevoyait des signes de civilisation. L'adolescent était complètement épuisé. Vidé de toute son énergie, il se laissait lécher les jambes par le doux mouvement de l'eau. De vives douleurs lui torturaient les bras et les épaules. Tranquillement, il réussit à se lever et à marcher en direction du chalet qu'il avait aperçu, celui-là même qui lui avait donné l'espoir de trouver du secours.

Sébastien était devant la porte d'entrée. La petite bâtisse de bois rond et sa grande galerie face au lac baignaient dans la noirceur. « Il ne doit pas y avoir d'électricité sur l'île », réfléchit l'adolescent. Il fut pris d'une vague hésitation. Devait-il cogner ? Que devait-il dire si quelqu'un venait ouvrir ? Claude et Lucie Tardif avaient élevé leur fils pour qu'il soit honnête. L'important était d'inventer une histoire simple et plausible, que monsieur et madame tout le monde croiraient, sans se poser une multitude de questions. Canot camping et naufrage. Voilà une idée qui pourrait satisfaire les curieux. Il se rendait à la petite île inhabitée, mais il avait versé parce que ses bagages n'étaient pas bien disposés dans l'embarcation. « Oui, ça ira », se dit-il. Le jeune cogna une fois doucement. Puis, il patienta. Pas de réponse. Il cogna encore, cette fois un peu plus fort. Toujours pas de réponse.

Déçu, Sébas se mit en route en direction du prochain chalet. Il s'était donné la mission de trouver une embarcation à emprunter. Le jeune Tardif se dit que passer les vacances sur une île signifiait arriver en bateau, mais qu'en dehors des vacances, on remisait son embarcation à la marina ou sur une remorque. Cela expliquait pourquoi il avait maintenant parcouru trois propriétés sans trouver de bateau, ni sur la plage, ni au quai.

— Merde ! Va falloir que je nage encore, dit Sébastien tout bas.

CHAPITRE 7

Brigitte

Deux heures s'étaient écoulées depuis qu'il avait fugué. Durant cette brève période, il s'était évadé en canot, il avait simulé sa mort, puis il avait franchi une distance incalculable à la nage. Sébastien ne se reconnaissait plus, lui, l'élève modèle, l'enfant choyé. Il envisageait maintenant de commettre d'autres méfaits afin de se rendre sur la terre ferme et, éventuellement, d'aboutir à Ottawa. Avant tout, il devait trouver une embarcation. Ses muscles épuisés ne lui permettraient plus de nager.

L'adolescent décida de marcher, convaincu qu'éventuellement il trouverait une solution. À quelques reprises, les nuages camouflèrent la lune et Sébastien s'enfargea dans des racines ou trébucha dans la rocaille. À force de tomber sur les mains, il les sentit devenir collantes et tenta de les laver dans le lac. Heureusement, les égratignures n'étaient pas profondes. Il réussit à arrêter le sang et à enlever les grains de sable et la terre qui risquaient de causer de l'infection. Sébas fut soulagé quand la lune refit son apparition. Il frissonna à maintes reprises, à cause de ses vêtements trempés.

— Maudit ! C'est une grosse île, lança-t-il après avoir marché une dizaine de minutes sans avoir trouvé d'autre chalet sur son passage.

Des arbres et des rochers, il y en avait à profusion, mais les résidences estivales se faisaient rares. Il arriva à un ruisseau, enleva ses chaussures et ses bas, puis il traversa, regrettant de se mouiller une fois de plus. Lorsque ses oreilles captèrent des notes grattées sur une guitare, il dirigea ses pas vers la musique. Il entrevit entre les branches cinq adolescents, deux gars et trois filles un peu plus vieux que lui, assis autour d'un petit feu de camp. Un des garçons était plus costaud. Il tenait la guitare et jouait des airs populaires.

— Fred, vas-tu nous en jouer une au complet ou quoi ? demanda l'autre gars.

— Ben, tu m'as déconcentré ! protesta le musicien, en cessant de jouer.

— Laisse faire Ben, tu sais bien qu'il connaît juste des bouts de tounes, dit une brunette avant de se lever et de se planter derrière son copain. Laisse-le à sa guitare, pis viens te coucher, ajouta-t-elle.

Le jeune homme ne se fit pas prier. Il se leva et entra dans le chalet qui se trouvait derrière le groupe. Fred regarda son ami, envieux, puis il fixa une rousse, d'un regard inquisiteur.

— Pense-z-y même pas, jeta-t-elle avant de se lever à son tour et d'aller vers le chalet. Avant d'ouvrir la porte, elle se tourna et lâcha :

— C'est mon tour d'avoir le lit ce soir, t'as le sofa.

Le jeune homme fit la moue avant de replacer sa guitare dans son étui et de quitter le feu pour aller se coucher.

Sébastien était toujours caché derrière les bosquets. Il trouvait la scène plutôt cocasse. En fait, il ne s'était pas amusé comme ces jeunes depuis plusieurs mois. Il en devint nostalgique. Il ressentait une perte considérable, depuis les malheurs qui s'étaient abattus sur sa famille. Des bribes d'une chanson familière lui parvinrent aux oreilles, crevant sa bulle de nostalgie. Il leva les yeux vers la fille qu'il venait d'entendre chanter.

— Sors de ta cachette et viens ici, près du feu, je ne te ferai pas mal, dit-elle.

Surpris, il hésita. Était-ce un piège ? Après tout, il était sur un terrain privé, sans invitation.

— Tu viens, ou quoi ?

— Oui, oui, murmura-t-il doucement.

Sébastien se leva de derrière les buissons et marcha vers le feu, d'un pas incertain.

— Assieds-toi, ordonna la jeune femme.

Sébastien s'assit en face d'elle. En quelques secondes, ses yeux s'habituèrent à la clarté. La jeune femme qui se trouvait devant lui était belle. Ses cheveux blonds tombaient en cascade jusqu'à ses épaules et on aurait pu se noyer dans ses yeux d'un bleu intense. La peau légèrement basanée, elle était radieuse sous l'éclairage tamisé des flammes.

— Est-ce que tu vas seulement me regarder ou vas-tu me parler ? demanda-t-elle.

— S'cuse, c'est juste que... t'es vraiment belle, balbutia Sébastien.

La jeune femme sourit. Les deux se mirent à bavarder. Ils se présentèrent ; elle se prénommait Brigitte. Ils étaient assis devant le chalet de ses parents. Âgée de dix-neuf ans, elle étudiait en biologie, à l'université.

Sébastien lui confia que son canot avait coulé, puis qu'il avait dû nager pour se rendre à l'île et qu'il tentait de trouver un moyen de retourner à la terre ferme. Elle accepta sa brève explication ou, du moins, elle sembla le faire, car elle ne posa pas de questions. Elle changea tout simplement de sujet en lui offrant un breuvage et une collation. Sébastien ne put refuser.

Cinq minutes plus tard, Brigitte sortit du chalet avec une grande couverture, deux tasses de chocolat fumant et un paquet de biscuits. Elle fit signe à Sébas de prendre la couverture, il s'y emmitoufla sans perdre un instant. Puis, elle lui passa une tasse et tira sa chaise à ses côtés.

L'adolescent n'avait pas réalisé à quel point il avait faim et soif. Il avait dépensé beaucoup d'énergie pendant la nuit. Il mangea plusieurs biscuits et but son chocolat chaud en deux traits.

— Tu avais faim, remarqua Brigitte.

Sébastien regarda le paquet de biscuits presque vide et les nombreuses miettes demeurées sur la couverture, comme des vilaines traces de son appétit.

— Faut croire que oui, répondit l'adolescent en riant doucement.

Il était heureux, il n'en revenait pas ; il se sentit coupable de ce moment de joie.

Brigitte remarqua que son nouveau compagnon venait de changer d'air.

« Évidemment, il doit y avoir quelque chose qui ne va pas », pensa-t-elle. La curiosité était forte, mais la jeune femme réprima la tentation. Poser trop de questions le ferait fuir, sans doute. Il faudrait plutôt gagner sa confiance. Elle lui offrit un second chocolat chaud. Sébastien accepta, après une brève hésitation. Un autre chocolat chaud, puis il partirait. Même s'il trouvait Brigitte de son goût, il n'envisageait pas de relation avec elle. Après tout, il était une sorte de criminel! De plus, il devrait se sauver une fois qu'il aurait délivré sa sœur des mains de cette dame sans cœur, qui la maltraitait.

Brigitte réapparut avec deux autres tasses de chocolat et un bol de fraises. Sébas sirota la boisson chaude et dégusta quelques fruits. Il se remémora les nombreuses fois où la famille Tardif était allée en cueillir. Lucie organisait toujours un petit concours : celui ou celle qui cueillait la plus grosse avait droit à son dessert aux fraises préféré.

— Brigitte, merci pour ton hospitalité, mais... je dois partir.

— Est-ce si important que tu quittes l'île ? demanda-t-elle.

— Oui, sinon j'ai peur d'abandonner, avoua l'adolescent.

La jeune femme interpréta ses paroles dans tous les sens imaginables. D'un côté, elle était flattée, mais d'un autre, elle était apeurée. Qu'est-ce qui pouvait bien motiver Sébastien à vouloir la quitter si brusquement, en plein milieu de la nuit ?

— Écoute, si t'en as besoin, je peux t'aider, offrit Brigitte.

Sébastien la regarda avec des yeux arrondis par la surprise.

— Vraiment ? Tu ferais ça pour moi ?

Brigitte demanda au jeune de patienter un instant, le temps qu'elle range les tasses et le bol. Elle l'aiderait à traverser en un rien de temps. Sébastien regarda les étoiles, il observa la lune, puis il s'assoupit.

CHAPITRE 8

Toute une route

Brigitte n'eut pas le cœur de réveiller celui qui l'avait épiée derrière les buissons, alors qu'elle rêvassait en regardant les flammes danser entre les bûches de bouleau. Le crépitement du bois n'avait pas masqué la présence que la jeune femme avait ressentie. Mal à l'aise, elle n'avait pas apprécié cette invasion de sa solitude. Hormis l'étrangeté de la rencontre, Brigitte aimait bien ce Sébastien. Si seulement il était un peu plus vieux et pas si pressé de quitter son île...

L'adolescent se réveilla en sursaut. Il lui fallut quelques secondes pour retrouver ses repères. Il demanda :

— Quelle heure est-il ?

— Trois heures, répondit-elle, après avoir vérifié sur l'écran tactile de son téléphone cellulaire.

— Faut que je parte, remarqua Sébas en se levant, les muscles endoloris après sa traversée du lac.

— Où est-ce que tu veux aller ?

— J'sais pas... à Ottawa...

— C'est à une heure d'ici.

– Je le sais.

– Qu'est-ce qu'il y a à Ottawa ?

– Ma sœur, avoua-t-il.

Sébastien avait l'intuition qu'il pouvait faire confiance à Brigitte. Il décida alors de lui expliquer en partie sa situation particulière. Il garda secret l'emprisonnement de son père, mais il lui dévoila sa fugue du camp. Brigitte l'écoutait attentivement. Enfin, elle comprenait comment il était arrivé chez elle. Par la suite, elle constata la distance que Sébas avait franchie à la nage. Brigitte connaissait le camp. Elle y avait été une ou deux fois, pour la vente des produits d'artisanat fabriqués par les jeunes dans leurs cours de menuiserie, de cuisine, etc. Brigitte trouvait que le camp était une belle initiative, qui offrait de la formation utile aux gars et aux filles obligés d'y passer leur été. Fuguer sans raison lui paraissait imbécile, mais partir à la rescousse de sa sœur, ça... ça prenait du courage.

Brigitte se leva à son tour et fit signe à Sébastien de la suivre. Ils marchèrent quelques mètres jusqu'à un quai dissimulé entre deux gros rochers. La famille de Brigitte avait choisi cet emplacement, car les rochers protégeaient leur bateau des grosses vagues et des débris qui flottaient souvent à la surface après les tempêtes. Le bateau était un modèle sport. Sébastien déduisit que la famille s'en servait pour des sports nautiques plutôt que pour la pêche.

D'un bond agile, Brigitte passa du quai à la plateforme de baignade, à l'arrière du bateau. Elle tira sur la toile et fit céder les boutons pression de manière à découvrir tout le yacht. À partir du quai, Sébastien imita la jeune femme. En un rien de temps, ils avaient retiré toutes les toiles, que Brigitte rangea dans un compartiment sous un siège. Sébastien détacha les amarres pendant qu'elle démarrait le moteur et se mettait en marche arrière. Après que le bateau fut rendu loin des rochers, la jeune femme poussa le bras au point mort, puis vers l'avant. Éclairée par les reflets de la lune sur le lac, Brigitte s'éloigna de l'île tranquillement. Elle ne voulait pas réveiller les autres insulaires à cette heure matinale. Le ronronnement du moteur gardait les deux jeunes éveillés. Ne sachant pas quoi dire à Sébastien, la capitaine opta pour un brin de musique. Une mélodie populaire s'échappa en sourdine des haut-parleurs et enveloppa les deux jeunes. Sébas scrutait incessamment l'horizon.

Finalement, l'embarcation arriva à la petite marina où les propriétaires de chalets amarraient leurs bateaux lorsqu'ils retournaient en ville. Brigitte décéléra afin d'accoster en douceur. La capitaine demanda à son passager d'installer les bouées. Lorsqu'il fut suffisamment près, Sébas sauta du bateau, puis il tint le flanc de l'embarcation à bout de bras afin qu'elle ne heurte pas le quai. Sébastien se sentait légèrement victorieux. Il approchait d'Ottawa, d'Annie. Ne sachant trop comment agir dans sa situation, Sébastien poussa le bateau vers le large.

— Merci beaucoup, j'vais y aller maintenant, dit-il, en tournant le dos à Brigitte avant de se mettre à marcher sur le quai de bois, en direction de la terre ferme.

Brigitte s'éloigna à reculons, en lui souhaitant de rejoindre sa sœur avant qu'elle ne subisse d'autres mauvais traitements. Tant de choses s'étaient déroulées depuis que les autres étaient allés se coucher. Avoir eu la voiture de ses parents, elle aurait offert à l'adolescent de le conduire en ville. Toutefois, le groupe d'amis avait fait du covoiturage dans le véhicule de Fred. Ne voulant toujours par déranger les riverains, Brigitte mena son bateau lentement. La fatigue commençait à lui peser, elle souhaitait arriver rapidement à son chalet, se coucher et dormir un peu, avant que ses amis se réveillent et fassent du bruit dans le chalet, ou qu'ils exigent le déjeuner gourmet qu'elle leur avait promis la veille.

Sébastien avait marché jusqu'au chemin, puis il avait tourné à gauche, selon les indications de Brigitte. Le chemin pavé avait sans doute connu des années de gloire, mais celles-ci avaient filé depuis belle lurette. L'adolescent devait avancer avec précaution, afin d'éviter de se fouler une cheville en trébuchant sur une bosse ou en perdant pied dans un nid-de-poule. À quelques reprises, Sébas s'arrêta net pour laisser passer la faune locale : raton laveur, hérisson et moufette se baladaient allègrement sur la même route. Brigitte lui avait fourni des directives simples ; cependant, la marche s'avérait longue et pénible, à cause du chemin vallonné. Sébastien comptait faire de l'auto-stop afin de se rapprocher de la ville. Toutefois, étant réaliste, il ne s'attendait pas à rencontrer une seule voiture à une heure aussi matinale.

L'adolescent progressait d'un pas déterminé, mais lent. Ses chaussures trempées ne lui offraient pas un grand confort. Le jeune redoutait d'avoir les pieds couverts d'ampoules et d'ecchymoses, perspective déplaisante pour quiconque avait plusieurs heures de marche devant lui. Il entendit un vrombissement qui s'intensifiait, en même temps qu'une lueur bleutée apparaissait. Heureux qu'une voiture passe, Sébastien tendit le pouce. Sans doute effrayé, le chauffeur de la rutilante décapotable klaxonna et s'éloigna en trombe. Déçu, l'adolescent poursuivit sa route en calculant combien de temps il lui faudrait pour se rendre en ville à pied.

Plusieurs minutes plus tard, de la contrebasse plutôt forte vint perturber le silence de la campagne. Sébastien se tourna face au son qui approchait rapidement. Le bruit de la musique se mêla à celui d'un moteur. Quand une paire de phares l'éclaira, il gesticula pour inciter le chauffeur à s'arrêter. La vieille fourgonnette dévia et alla s'arrêter à quelques mètres de Sébastien, qui se dépêcha de la rejoindre.

— T'es fou ? J'aurais pu te foncer d'dans ! cria l'homme au volant. Y'a pu de monde s'a route à c't'heure là !

— Je m'excuse... J'ai besoin de me rendre à Ottawa...

— Embarque, je peux te mener un boutte, mais pas jusqu'en ville.

Sébastien le remercia. Il fit le tour de la fourgonnette. Un passager à l'arrière fit coulisser la portière et l'invita à se frayer un chemin jusqu'à la dernière banquette. À l'avant, il y avait le chauffeur, un grand maigre aux yeux cernés. À ses côtés, se trouvait une jeune femme qui aurait pu être belle, sans le maquillage épais et les anneaux aux lèvres et aux narines. Les occupants de la deuxième rangée n'avaient pas fière allure avec leurs barbes non rasées, leurs vêtements troués ainsi que des tatouages de crâne.

Le conducteur repartit dans un crissement de pneus. La musique, baissée momentanément afin de parler avec le *pouceux*, fut prestement remontée au maximum par la passagère. Sébastien tenta d'identifier la chanson et le groupe, mais c'était peine perdue. Il n'y avait que de la contrebasse et des cris.

« C'est pas mon genre », pensa Sébas, en feignant d'apprécier la musique quand il voyait que le chauffeur le dévisageait dans son rétroviseur. L'adolescent ne tenta pas de faire la conversation avec les autres passagers. Il avait l'impression que quiconque dérangerait la musique une seconde fois serait dans le pétrin. Il garda le silence et regarda par la fenêtre. Combien de kilomètres avait-il parcourus ? Il avait oublié de vérifier l'heure avant que la fourgonnette démarre.

Le jeune Tardif fut tiré de ses pensées lorsque le chauffeur ralentit à une intersection en « y » avant de prendre la droite. Assis à l'arrière, Sébas vit, un peu tard, l'écriteau indiquant la route de gauche pour se rendre dans la capitale nationale.

— Hé ! Hé ! Arrête s'il-te-plaît ! s'exclama-t-il.

Les passagers de la rangée médiane se tournèrent vers lui.

— Ottawa, c'est de l'autre côté, j'veux descendre.

Le chauffeur ralentit brusquement et se colla sur le bord de la chaussée.

— Bon, le jeune, débarque !

Sébastien ne se fit pas prier. Il se faufila du dernier banc à la portière et sauta du véhicule, sans demander son reste. Puis, il se mit à marcher dans la bonne direction, avant même que le chauffeur appuie sur l'accélérateur à nouveau. Bien qu'ils soient étranges, ces gens l'avaient dépanné. Sébas se demanda ce qu'ils faisaient dans la région à cette heure tardive… « Bah, c'est pas important ; au moins, je suis plus près de ma destination », se dit-il.

Sébastien parvint à l'intersection quelques minutes plus tard. Le panneau indiquait qu'Ottawa était à quarante-cinq kilomètres. Il en avait encore pour un bout ! Une paire de phares perça la noirceur. Comme il allait tenter d'attirer l'attention du chauffeur, la lune éclaira des gyrophares installés sur le toit de la voiture.

— Merde, la police ! laissa échapper Sébastien.

Le policier au volant vit quelque chose de gros pénétrer dans la forêt.

CHAPITRE 9

Courir n'est pas un crime

Saisi par la curiosité, le policier gara sa voiture en bordure de la route. Il appuya sur le bouton des feux d'urgence et il alluma les gyrophares bleus et rouges. En quittant son véhicule, qu'il prit soin de verrouiller, il contacta la centrale par radio.

– Ici le patrouilleur Bérubé, j'ai aperçu quelque chose de louche, je pars à pied.

Il donna sa position géographique, au cas où du renfort serait nécessaire.

Le policier tenait sa lampe de poche à la hauteur des yeux. Lentement, il se fraya un chemin dans le boisé. La tâche n'était pas aussi facile qu'il l'avait cru ; il tentait de passer sans se faire fouetter par les branches, sans trébucher, tout en gardant sa main droite près de la gaine de son pistolet. Le patrouilleur entendait les pas de course de l'individu devant lui. À quelques reprises, le faisceau de sa lampe éclaira la personne qui tentait de s'évader. Il était si près… à dix mètres, douze au plus. Quelle était la raison de fuguer ainsi à la vue d'une voiture de patrouille ? S'agissait-il d'un cambrioleur, d'un drogué ou d'un tueur ? Bérubé était prêt à toute éventualité. Il pressa le pas. Autant arrêter le suspect avant qu'il ne s'enfonce trop loin dans le bois.

Sébastien était épuisé. Le sprint en pleine forêt n'avait pas été prévu. Il sentait bouillir les muscles de ses jambes et de ses cuisses. La douleur qui lui parcourait le corps lui tranchait presque les jambes. Son cœur battait à tout rompre. Il ne pouvait pas arrêter, car se faire attraper par la police signifierait un retour à la case départ. Tout espoir de sauver Annie serait anéanti. Sébastien avançait au pif, ayant éteint sa lampe de poche. La lune perçait difficilement le feuillage de la forêt. À certaines occasions, il voyait briller la lampe de poche du policier qui le poursuivait.

Les branches le fouettaient en plein visage, mais il n'abandonnait pas. Plusieurs fois, il se retint pour ne pas tomber, quand ses pieds mal chaussés butaient contre des obstacles sournois. Ses mains et sa figure étaient déchirées par les branches et les ronces qu'il tentait vainement d'éloigner de lui. S'étant concentré une seconde de trop sur l'état lamentable de son corps, Sébastien se retrouva par terre, le pied gauche pris sous une racine. L'impact de sa chute lui coupa le souffle. Le jeune avait réussi à placer ses bras devant sa figure afin d'amortir un peu le choc. Ce geste, heureusement, l'empêcha de se cogner durement contre une grosse pierre. Ses bras avaient protégé sa tête, mais Sébas craignait de les avoir cassés. Il s'était mordu violemment la joue pour s'empêcher de crier de douleur. Après un moment, Sébastien réussit à bouger les doigts, puis les mains et finalement les bras.

– Fiou, sont pas cassés, murmura-t-il, soulagé. J'suis sonné, mais ça ira.

Lentement Sébas commença à se relever. Tout à coup, il entendit des pas très près de lui. Du coin de l'œil, il aperçut de la lumière qui perçait la noirceur. L'adolescent se tapit contre le sol et tenta de retenir sa respiration haletante.

Le patrouilleur Bérubé avait entendu quelque chose. Il s'arrêta un instant et scruta les alentours. Il ne voyait ni n'entendait quoi que ce soit. « Bien là, y peut pas avoir disparu, pensa le policier. Y doit pas être bien loin. »

Il ratissa le sol avec le faisceau de sa lampe. Le policier n'aimait pas que l'individu qu'il pourchassait se soit volatilisé comme ça. Une telle disparition l'inquiétait. Il balaya l'obscurité sur un angle de 180° devant lui. Il n'y avait ni suspect, ni traces d'un passage. Avant de perdre davantage de temps dans la forêt, le policier décida de rebrousser chemin. Ça ne valait pas la peine de poursuivre la chasse sans raison. Le suspect s'était sauvé, mais jusqu'à preuve du contraire, il n'avait pas commis de crime. Ce n'était pas illégal de courir dans les bois la nuit… Certes, c'était louche, mais certainement pas criminel. Déçu, le policier retourna à son véhicule. Une fois derrière le volant, il empoigna son micro :

– Centrale, ici Bérubé. Fausse piste. J'ai rien trouvé. Je poursuis ma route.

Ayant éteint les feux d'urgence et les gyrophares, le patrouilleur démarra sa voiture et quitta l'accotement.

Le rythme cardiaque de Sébastien avait ralenti. Il avait entendu le policier retourner à la sortie du bois. Délicatement, il se releva. La douleur l'envahissait. Sébas s'essuya les mains du mieux qu'il put sur ses pantalons, puis il fit de même pour sa figure, à l'aide de sa manche de gilet. La course et l'excitation lui avaient donné soif. Il se lécha les lèvres afin de les humecter, mais un peu de salive lui parut un piètre succédané à un grand verre d'eau bien fraîche. Le fugueur regretta de ne pas en avoir demandé une bouteille à Brigitte.

Sébastien voulait se remettre en marche vers Ottawa, mais il craignait que le policier ait rebroussé chemin ou qu'il l'attende au bord de la route. Hésiter ainsi lui déplut. Il pouvait retourner sur ses pas et se faire piéger, ou s'enfoncer davantage dans la forêt. Dans les deux cas, c'était à ses risques et périls. L'adolescent consulta sa montre. Il était légèrement passé 4 h. Il décida de continuer à avancer dans la forêt quelques minutes encore. S'il ne trouvait pas une habitation, ou quelque chose ou quelqu'un pour l'aider, il tournerait de bord et se risquerait sur la route. « Dix minutes, pas plus », se donna Sébas comme consigne.

Il partit la minuterie de sa montre ; puis, il se mit en marche. Un hibou hulula et Sébas sentit sa gorge se serrer. La présence de cet oiseau nocturne lui fit penser aux bêtes susceptibles d'habiter dans cette forêt. Il se souvenait d'avoir lu que des loups, des lynx et des ours vivaient dans les bois de la région. Il ne manquerait plus que ça : être attaqué par un prédateur serait bien le comble. Au bout d'un certain temps, Sébas fut interrompu par la sonnerie de sa minuterie. Les dix minutes étaient écoulées. Devant lui, un ruisseau serpentait dans la forêt. Sébastien se pencha et s'abreuva tant bien que mal avec ses mains. Tant pis si cette eau n'était pas purifiée : il avait soif! S'étant dit qu'il rebrousserait chemin au bout de dix minutes s'il n'avait pas trouvé quoi que ce soit d'utile, il prit la découverte du ruisseau comme un signe qu'il avançait dans la bonne direction. « Les gens s'installent souvent près de l'eau, raisonna-t-il. Il y aura sans doute un chalet ou un camp de chasse, avec des gens qui pourront m'aider », se convainquit le jeune Tardif.

Le ruisseau devait avoir deux mètres de large. L'eau y coulait rapidement, sans doute propulsée par des rapides. Sébastien aimait entendre le bruit de l'eau; il enterrait ceux de la forêt qui pouvaient être énervants. La douleur qu'il avait ressentie à quelques reprises ne le taraudait plus, en autant que de grands efforts physiques n'étaient pas requis de sa part. Entre les arbres, il aperçut une lueur au loin. Décidé à trouver de l'aide, il enleva ses chaussures et ses bas, puis il roula le bord de ses pantalons. Il avait déjà été suffisamment trempé pendant la nuit et ne voulait pas l'être davantage, s'il pouvait l'éviter. Ses souliers et ses bas dans les mains, Sébastien traversa le ruisseau lentement. L'eau était très fraîche, les cailloux qui parsemaient le fond étaient lisses et glissants. Il avança avec précaution.

Une fois rendu à la rive opposée, il s'assit par terre, se secoua les pieds avant de remettre ses bas, réenfila ses chaussures et déroula ses pantalons. Il s'abreuva encore avec l'eau du ruisseau, puis il se releva et se mit en route en direction de la lueur qui devenait plus prononcée à chacun de ses pas.

Sébastien se demandait pourquoi il y avait tant d'éclairage dans cette partie de la forêt, à une heure si tardive ou si matinale pour certains. Après avoir franchi quelques mètres, il découvrit une clairière. À gauche, se trouvait une vieille roulotte aux rayures orange, or et avocat. Tout le reste était couvert de plantes, rang après rang.

CHAPITRE 10

Les Mexicains

Sébastien scruta l'espace devant lui. Qui venait de parler ? Il regardait, mais ne voyait personne. Une voix puissante se fit entendre à nouveau :

– *Dale, dale !* Plus vite j'vous dis ! C'est le temps de travailler ! *No esta el tiempo de la siesta.*

– *Perdoneme señor. Pero, esta la noche y soy muy cansado... pero yo voy a trabajar...* répondit une voix plus jeune.

Sébastien ne comprit rien aux propos en espagnol échangés dans le champ. En regardant encore et encore, il aperçut quatre hommes. Ils transportaient de gros paniers et coupaient des feuilles des plantes, en s'éclairant avec leurs lampes frontales. Minutieusement ils plaçaient ces feuilles dans leurs paniers. « Qu'est-ce qu'ils récoltent ? » se demanda Sébastien. L'adolescent avait déjà visité des fermes et personne ne travaillait aux champs la nuit. Les fermiers, qui traient leurs vaches à cinq ou six heures le matin, ne passent pas la nuit debout... Sébas reporta son attention sur les hommes qui travaillaient. Il réentendit crier l'homme autoritaire :

– Dale, rapido, trabajo, trabajo, trabajo o no dinero !

Cet homme lui faisait penser aux joueurs de tambours dans les navires, ceux qui battaient la cadence pour que les esclaves rament avec ardeur. Il ne se souvenait plus dans quel *Astérix* il avait vu ça. Fasciné par ce qui se passait devant lui, il doutait cependant de trouver ici une âme charitable, qui voudrait l'aider. L'homme en charge semblait plutôt sévère et méchant. Très grand et costaud, il tenait entre ses mains une mitrailleuse comme l'adolescent en avait vues dans des films de guerre. Sébastien commença vraiment à se méfier. D'abord, des agriculteurs qui travaillaient la nuit et ensuite, un fermier armé. Tout ce qui se passait dans ce champ, au beau milieu de nulle part, était louche et sans doute illégal ! « Plantes clandestines, arme... drogue égalent marijuana ! raisonna-t-il. Merde, parmi tous les gens que j'aurais pu croiser en chemin, il fallait que je tombe sur une plantation de drogue ! »

Sébastien comprit pourquoi le patron était armé. C'était sa façon de contrôler ses employés mexicains, qui craignaient la déportation et la prison et donc, auraient voulu se sauver. Ils étaient partis de leur pays pour l'été, afin de travailler dans les champs au Canada. Comme des milliers d'autres travailleurs saisonniers, ils n'avaient pas envisagé qu'ils auraient à travailler dans la culture de marijuana, eux qui croyaient venir récolter des tomates et des concombres.

L'adolescent était déçu. Il aurait tant souhaité trouver de l'aide plutôt qu'une source de danger. Il savait qu'il devait éviter d'attirer l'attention du garde. Par où passer ? Sébastien hésitait à retourner sur ses pas, de peur de trouver le policier qui l'attendait en guet-apens ; par contre, il savait que tenter de traverser la clairière serait de la véritable folie. Il lui restait donc une troisième option : contourner la clairière le plus discrètement possible. Sébas rampa de reculons, afin de s'éloigner. Ses muscles ankylosés lui faisaient redouter la simple tâche de se lever. Pourtant, il se redressa. Agrippé au tronc d'un érable, il prit une grande inspiration, se concentra sur l'air qui gonflait ses poumons, puis il expira doucement. Cet exercice lui permit d'oublier la douleur.

Sébastien déduisit qu'il y aurait une route près de la roulotte qu'il avait aperçue plus tôt. Mais, si le champ était patrouillé par un garde armé, le chemin le serait aussi. Ce n'était vraiment pas le moment de se faire piéger par des criminels, l'adolescent tentait de rejoindre sa sœur. Sébas opta donc pour la droite de la plantation. Il avançait lentement, ne voulant pas que les branches craquent sous son poids et que le bruit alerte qui que ce soit de sa présence. À chaque douzaine de pas, il s'arrêtait et regardait où étaient les cueilleurs et le gardien. Ce dernier s'était calmé. Les cueilleurs devaient travailler à son goût, car il ne leur criait plus d'accélérer. Sébastien avait parcouru encore quelques mètres, lorsqu'il se jeta par terre. Un jeune cueilleur s'en venait tout droit vers lui. « Est-ce qu'il m'a vu ? » se demanda Sébastien, au bord de la panique.

Face contre terre, Sébas retint sa respiration jusqu'à ce qu'un bruit familier le fasse sourire. Le jeune travailleur était en train de se soulager, il avait seulement voulu un peu d'intimité pour vider sa vessie. Sébastien n'avait pas été vu. Calmé et à nouveau seul, l'adolescent n'eut qu'une idée en tête : déguerpir. Il courait sans vraiment savoir où il allait. Les arbres s'embrouillaient dans son champ de vision ; tout allait vite et il tentait d'éviter de tomber.

— Presque là, presque là, s'encouragea-t-il à mi-voix, bien que ne sachant pas où était « là ».

La sueur lui dégoulinait sur le visage. Son chandail était trempé aux aisselles et dans le dos. Pour la première fois de la nuit, il souhaita se baigner, question de se rafraîchir ! Jugeant qu'il était assez loin, Sébastien arrêta net afin de respirer un peu.

* *
*

À Orléans, la nuit était suffocante. Comme d'habitude, les rues étaient paisibles. Ici ou là, un marcheur matinal promenait son chien silencieusement. Quelques livreurs de journaux passaient discrètement d'une entrée à une autre, afin de déposer les nouvelles fraîches roulées et retenues par des bandes élastiques, devant la porte des fonctionnaires qui peuplaient cette banlieue dortoir. La même tranquillité ne régnait pas à l'intérieur d'une des résidences...

Annie avait très chaud. Sa fenêtre avait été clouée. La dame qui s'occupait d'elle avait éteint l'air climatisé dans la chambre de la petite, pour la punir. Dès qu'elle bougeait le moindrement dans son lit, Annie ressentait de la douleur aux endroits où elle avait reçu des coups. Elle goûtait encore le sang dans sa bouche, car sous le coup d'une gifle, la fillette s'était coupé l'intérieur des joues avec ses dents. Elle entendait toujours les paroles de la dame, qui résonnaient dans sa tête.

– J'te l'avais dit : pas de téléphone !

Annie sanglotait déjà depuis plusieurs heures. Elle n'avait jamais été maltraitée par ses parents ; la petite ne comprenait pas pourquoi cette mère d'accueil agissait de la sorte.

– Sébastien, viens me chercher, supplia-t-elle. Sébastien, viens me chercher. Sébastien, viens me chercher s'il-te-plaît. Sébastien… s'il-te-plaît… viens me chercher, marmonna-t-elle, avant de s'assoupir pour la première fois de la nuit.

CHAPITRE 11

Un bon samaritain

Le soleil commençait à se lever lentement. De nombreux oiseaux se mettaient à chanter, à gazouiller et à piailler. Une nouvelle journée s'annonçait.

Sébastien avançait toujours; il avait parcouru une distance considérable depuis sa course effrénée loin de la clairière. Exténué, il était heureux d'avoir réussi à se sauver sans se faire traquer. Le soleil éclairait de plus en plus le sentier qu'il se traçait dans la forêt. Les embûches étaient enfin visibles. Fini les pas à tâtons, fini les roches, les crevasses et les branches qui jonchaient le sol. Devant lui, se trouvait une route asphaltée. C'était déjà un bon signe. En campagne, les routes asphaltées sont toujours plus importantes que les chemins de terre battue ou de gravier. Sébas espéra que des panneaux de signalisation l'aideraient à s'orienter. En désespoir de cause, il décida de s'asseoir sur le bord du chemin, question de se reposer un peu.

Il crut rêver en entendant le ronronnement d'une voiture. Rapidement, il se leva. Une fourgonnette s'approchait, de modèle récent. Le chauffeur vit le jeune qui agitait les bras frénétiquement sur le bord de la chaussée. Il ralentit et immobilisa son véhicule deux mètres plus loin. Sébastien se pencha à la fenêtre du chauffeur.

— Ça va pas ? demanda ce dernier, en baissant la vitre.

— Non, monsieur. Est-ce que vous pouvez m'aider ?

— Qu'est-ce qu'il y a ?

— Je me suis égaré, faut que je retourne en ville.

L'homme dévisagea l'adolescent, puis il lui posa d'autres questions. Sébastien réagit rapidement et raconta qu'il était allé camper avec des amis, mais qu'il s'était querellé à cause d'une fille, puis qu'il était parti en colère et enfin, qu'il s'était égaré.

— Je pensais qu'aller camper me changerait les idées, vu que ma mère est dans un coma à l'hôpital. Finalement je me suis trompé…

Le chauffeur accepta de le dépanner. Sébastien prit place à ses côtés. L'homme lui apprit qu'il était livreur pour le journal *Le Droit* et qu'il devait retourner à Ottawa, car il avait terminé sa route.

— Même en campagne, si les gens reçoivent pas leur journal avant 6 heures, y appellent au bureau sur la rue Clarence, pis y chialent !

— C'est chien ça ! compatit Sébastien.

— Ouin, mon gars.

Le jeune était excité, il avait finalement un moyen de transport pour se rendre à Ottawa. Malgré l'envie de dormir qui le gagnait, Sébas se sentit obligé de faire la conversation avec son bon samaritain.

— On est à quelle distance de la ville ? demanda-t-il.

– Vingt-cinq, trente minutes, environ… répliqua le chauffeur.

Comparé à sa marche laborieuse dans la forêt, rouler à une soixantaine de kilomètres à l'heure semblait l'équivalent de la vitesse de la lumière. Tout à coup, le conducteur aperçut des gyrophares au loin, dans la direction opposée.

– Attache ta ceinture, le jeune ! ordonna-t-il.

La fourgonnette ralentit en passant devant le convoi inusité. Un VUS tirant un zodiac précédait une voiture de police. Des véhicules appartenant à des journaux, à des stations de radio et à des chaînes de télévision clôturaient la file.

– Il doit y avoir eu une noyade, déduisit le livreur.

L'homme eut une pensée pour la victime, puis accéléra afin d'être de retour suffisamment tôt en ville pour déjeuner avec ses enfants, avant que sa femme ne parte pour le travail. Sébastien était soulagé que le policier ne les ait pas arrêtés.

* *

*

À Kingston, Claude se réveilla en sursaut et s'assit dans son petit lit fort inconfortable. Il cligna des yeux, pour s'habituer à la demi-obscurité de la cellule qu'il partageait avec un homme plutôt âgé, incarcéré pour avoir fraudé Revenu Canada et agressé un policier. Les deux hommes passaient beaucoup de temps à jaser. Claude était repentant, mais son homologue ne l'était pas, fâché de s'être fait prendre, point à la ligne.

Le père de Sébastien et d'Annie pensait souvent aux enfants, qu'il avait été forcé d'abandonner.

La nuit, il faisait des mauvais rêves les concernant. Ses cauchemars ne le réveillaient pas habituellement, mais cette fois, il pressentit que quelque chose n'allait pas. Il avait entendu Annie sangloter. Était-ce un signe ? Claude détestait se sentir si impuissant. Quelque chose de grave pouvait arriver à ses enfants, sans qu'il en soit informé. Il sentait la distance entre lui et les siens. Les deux heures de route entre Kingston et Ottawa lui déchiraient le cœur.

Il consulta sa montre : il restait dix minutes avant que les prisonniers soient réveillés par les gardes.

* *
*

Annie avait reçu un demi-bol de gruau tiède pour déjeuner. Pas de breuvage, pas de fruits, rien. Quand la dame lui avait apporté sa maigre pitance, elle s'était assise sur le coin du lit, près de la fillette.

— Tu sais petite, chus pas méchante, mais quand tu suis pas les règlements, faut que tu t'attendes à être punie. Compris ?

— C... C-Compris, balbutia Annie.

La dame verrouilla la porte d'Annie avant de retourner à la cuisine, pour déguster la gaufre qui dorait dans le four. « Un peu de crème anglaise et des bleuets, mmm, ça va être succulent ! » se dit-elle en préparant son assiette.

Dans l'autre pièce, Annie mangea son gruau en entier. Il était fade, mais au moins elle avait eu quelque chose à se mettre dans l'estomac. La petite se demandait si elle aurait la chance de sortir de sa chambre un peu. Elle aurait aimé bouger, jouer.

*　　*
*

Sébastien voyait les gratte-ciel d'Ottawa à l'horizon ! Le soleil maintenant un peu plus haut renvoyait ses rayons sur les parois vitrées des nombreuses tours à bureaux de la capitale. Malgré l'heure matinale, il y avait de plus en plus de voitures sur la route. Certains devaient commencer à travailler dès 7 h 30. Sébastien fut extirpé de ses réflexions par le chauffeur :

— Hé, à quel hôpital est ta mère ?

Sébastien n'hésita pas ; il savait que la vérité serait plus logique et l'amènerait plus près d'Annie.

— L'hôpital Montfort, si c'est pas trop loin pour vous, monsieur.

— Non, non, ça va. Je vis à Vanier, je vais pouvoir retourner à maison assez vite après, répliqua le chauffeur, rassurant.

Sébastien croisa les doigts. Pourvu qu'il n'y ait pas de bouchons de circulation au centre-ville. En temps normal, ça pouvait être bloqué, mais l'été, en raison de la construction, le centre pouvait être un véritable cauchemar. Au moins, il approchait de son but. Il pourrait passer voir sa mère avant de retrouver sa sœur cadette.

CHAPITRE 12

À la une !

Une fois devant l'hôpital, l'adolescent remercia le livreur et s'excusa de n'avoir rien à lui offrir pour le dédommager.

— Inquiète toi pas pour ça, le jeune. Un coup de main en attire un autre, professa l'employé du journal, avant de quitter les lieux.

Impatient de poursuivre sa quête, Sébastien entra dans l'enceinte du centre hospitalier. Lentement, il se dirigea vers les ascenseurs. Toutefois, son attention fut captée par un téléviseur suspendu au plafond. Quelqu'un avait syntonisé une chaîne de nouvelles. Afin de ne point déranger les patients, le son avait été assourdi, mais les sous-titres défilaient au bas de l'écran.

Pendant la nuit, la police a dû se rendre au Camp Jeune Avenir : un endroit de villégiature pour les adolescents qui sont en foyers d'accueil. Un des jeunes a tenté de fuguer en canot. Malheureusement, le canot a versé. Les moniteurs ont voulu sauver l'adolescent, mais ils ne l'ont pas trouvé. Depuis l'aurore, la police et une équipe de plongeurs recherchent

Une photo tirée de l'annuaire de son école secondaire apparut à l'écran. Sébastien la fixa. C'était officiel : il était mort. Il avança tranquillement. Il sentait une trentaine de paires d'yeux le transpercer. La préposée lui jeta un regard furtif avant de saisir le téléphone sur son bureau. Heureusement, la porte du second ascenseur s'ouvrit. Il s'y engouffra.

Il était 7 h 15 quand l'adolescent entra dans la chambre 424. Sa mère y était toujours. Sébastien avança discrètement dans la pièce. Il tira une chaise près du corps, inerte depuis trop longtemps. Il glissa sa main sur celle de sa maman. Sébas espérait tant qu'elle bouge, qu'elle se réveille, que tout le cauchemar soit terminé. À l'exception de son pouls et de sa respiration, Lucie Tardif ne donnait pas signe de vie.

– Maman, j'sais que j'aurais probablement pas dû… mais j'ai pas eu vraiment le choix. Annie… ça va pas. Faut que j'm'occupe d'elle… en attendant.

Des bruits de pas le surprirent. Sébas repoussa la chaise contre le mur et alla se cacher sous le lit. Une infirmière entra et nota les données qui apparaissaient sur le cardiogramme. Elle vérifia l'intraveineuse, puis elle quitta la chambre. Soulagé d'être passé inaperçu, Sébastien sortit de sa cachette. Il dit au revoir à sa mère et la quitta en catimini. Maintenant, il devait trouver sa sœur.

Sans attirer l'attention de nouveau, il sortit de l'hôpital et se mit à marcher vers le chemin de Montréal. L'adolescent aurait aimé avoir des billets d'autobus ou de l'argent. Comme il n'avait ni l'un ni l'autre, il tourna à gauche et continua à pied. Il croisa plusieurs voitures et des autobus en sens opposé. Les gens se rendaient au centre-ville pour leur journée de travail. Le trafic vers la banlieue était rare.

Sébastien suivait le trottoir. Le chemin de Montréal montait en pente. Il s'arrêta devant la caserne de pompiers pour se reposer un instant. Tous ces efforts étaient difficiles, avec si peu de nourriture dans le corps. Sébas entendait son ventre gargouiller, mais il essayait de l'ignorer. Une fois de plus, il se remit en marche. Il s'orienta et se dirigea vers l'est.

*   *
*

M. Laframboise vit le bulletin de nouvelles en déjeunant avec sa femme. Le travailleur social en échappa la rôtie qu'il tenait entre le pouce et l'index. En tombant dans sa tasse de café, le pain éclaboussa la table. Comme elle allait lui demander ce qui se passait, il fit signe à sa femme de se taire. L'homme n'en croyait ni ses oreilles, ni ses yeux. Sébastien Tardif était mort! Il avait fugué... De tous les mineurs dont il s'occupait, le jeune Tardif était le moins susceptible de faire une telle bêtise. « Quelle mouche l'a piqué ? » se demanda-t-il.

Le travailleur social réfléchit à la dernière conversation qu'il avait eue avec lui. Sébastien avait paru inquiet à propos de sa sœur, Annie. « Il devait vouloir aller la trouver, soupçonna-t-il. J'aurais dû lui dire que j'irais voir la petite... À cause de ça, il s'est sauvé, puis il s'est noyé », raisonna M. Laframboise avec regret. Énervé, l'employé de l'Aide à l'enfance ne termina pas son déjeuner. Il avait tant de tâches à accomplir. Il devait non seulement s'occuper de ses dossiers, mais aussi communiquer avec la police. Puis, il aurait à annoncer la mauvaise nouvelle à M. Tardif et à Annie. Cette famille avait déjà vécu amplement de malheurs depuis quelques mois. Le travailleur social en craignait les répercussions sur la santé mentale de la cadette.

* *

*

Sébastien était rendu devant le Centre national de recherche du Canada. L'adolescent prit une pause et observa la sphère géante, qui reluisait sous les rayons du soleil. La grosse boule miroir l'avait toujours fasciné. Cette décoration scintillante ne s'agençait pas très bien avec l'édifice austère, plus fonctionnel qu'esthétique. Des cyclistes passèrent. Le jeune aurait bien aimé avoir son vélo pour parcourir la distance entre le Centre de recherche, à l'angle de la rue Blair, et la banlieue. Chaque coup de pédale l'aurait propulsé plus rapidement que chacun de ses pas. Malheureusement, il dut continuer à pied.

Après encore quelques kilomètres, Sébastien passa devant de nombreux restaurants. À chaque fois, il entendait son estomac crier famine. Finalement, il se laissa guider par son appétit et entra dans un casse-croûte. Le restaurant était situé dans un vieil édifice, qui avait vu de meilleurs jours. Quelques clients sirotaient un café, d'autres mangeaient des déjeuners suffisamment gras pour leur bloquer les artères. L'adolescent s'approcha du comptoir, où une femme dans la quarantaine lui demanda ce qu'il voulait.

— J'voudrais voir le gérant, s'il-vous-plaît.

La serveuse l'examina du regard, puis lui demanda de patienter. Elle se dirigea vers la porte de la cuisine, puis elle lâcha :

— Mike !

Un homme grassouillet vint à sa rencontre. Sébastien n'était pas très encouragé par l'air du gérant. « Le pire qu'il peut dire, c'est non », se répéta Sébas.

— Qu'est-ce tu veux ? demanda Mike.

— Bonjour monsieur, je voulais vous offrir mon aide pour laver la vaisselle, le plancher ou faire n'importe quoi en échange d'un déjeuner...

— Écoute le jeune, j'ai déjà des employés.

La serveuse qui avait accueilli Sébas revint au comptoir, après avoir servi deux hommes assis au fond du restaurant.

— Mike, Laurie n'est pas entrée, tu sais qu'a va être en retard, faut que j'coure pour servir tout le monde. Si le jeune veut desservir les tables, ça s'rait bien utile... suggéra-t-elle.

— OK, Becky, tant que ça reste tranquille, pis pas une habitude.

— Inquiétez-vous pas monsieur. Merci beaucoup ! répliqua Sébastien.

Dès que Mike fut de retour à la cuisine, Sébas remercia la femme qui lui avait rendu service. Puis, il se mit à ramasser la vaisselle sale et à nettoyer les tables, au fur et à mesure que les clients quittaient le restaurant. Sébastien aurait nettement préféré travailler ainsi pendant l'été, plutôt que d'être envoyé en exil dans le fin fond des bois.

S'il avait pu décrocher une jobine, il aurait eu la chance de voir sa sœur plus souvent.

Sébastien avait desservi plusieurs tables sans échapper de coutellerie et sans fracasser d'assiette. Mike tint parole. Il prépara une omelette au jambon et des rôties pour le jeune qui avait dépanné une de ses serveuses. Sébas avala goulument le déjeuner et engloutit un jus d'orange. Le repas lui donna un regain d'énergie. Avant qu'il quitte le restaurant, Becky lui glissa deux billets de cinq dollars. L'adolescent la questionna du regard.

– C'est ta part des *tips*, lui expliqua-t-elle.

– Euh… Merci, réussit à dire Sébastien, bouche bée.

– De rien, bonne chance le jeune, lui souhaita Becky avant de retourner au travail.

L'adolescent se sentait un peu mal à l'aise d'accepter les dollars durement gagnés par la serveuse, mais cet argent allait lui rendre la vie un peu plus facile. Sébas se voyait déjà quitter Orléans avec Annie, à bord d'un autobus. Le soleil brillait ; il y avait très peu de nuages dans le ciel. Sébastien marcha d'un pas rapide, l'estomac plein.

– Bientôt, bientôt, se répétait-il.

CHAPITRE 13

La persévérance

Le livreur du quotidien *Le Droit* regarda les nouvelles de neuf heures. Lorsque la photo du jeune Tardif apparut à l'écran, le samaritain hésita avant de saisir son téléphone. Son appel fut transféré à la constable Larocque. Elle l'assura que ses renseignements seraient utiles et que rien de mauvais n'arriverait au jeune, s'il n'avait pas commis de crimes.

— Il y a quelque chose de bizarre dans cette histoire, marmonna-t-elle, avant de quitter son bureau pour l'hôpital Montfort.

Dès son arrivée à l'urgence, la constable scruta la salle d'attente et n'y vit personne qui correspondait à la description du livreur. Elle interrogea ensuite la préposée à l'admission. Cette dernière se rappela avoir aperçu un jeune qui ressemblait vaguement à celui de la télé. Toutefois, elle ne l'avait pas interpellé.

— Il semblerait que sa mère est hospitalisée ici. Est-ce que vous avez une Mme Tardif dans vos registres ? demanda la policière.

– Oui, Lucie Tardif, chambre 424, répondit la préposée au bout d'un moment, heureuse de rendre service.

* *
*

Sébastien était rendu tout près de Beacon Hill. Le quartier grouillait de monde. Des gens se rendaient au travail, d'autres faisaient des emplettes. Il vit des enfants qui jouaient déjà au parc, sous l'œil vigilant d'une dame âgée. L'adolescent avançait rapidement. Il passa devant une série d'immeubles à logements et des stations-services. Sébas se reposa les jambes, assis dans l'herbe à côté du trottoir, le visage baigné de soleil. La sueur coulait déjà sur son front.

* *
*

Où pouvait-il bien être ? La constable Larocque se demanda si le garçon que le livreur du quotidien *Le Droit* avait embarqué au bord de la route était bien celui du Camp Jeune Avenir. Afin d'obtenir de plus amples renseignements, elle appela la Société de l'aide à l'enfance d'Ottawa. La réceptionniste transféra son appel à deux personnes, avant de la rediriger vers la boîte vocale de M. Laframboise. Elle laissa un message après le timbre sonore.

– Ici la constable Larocque, de la police municipale d'Ottawa. Veuillez communiquer avec moi. Ça concerne Sébastien Tardif...

* *

*

Sébas reprit sa route. Il entendait les voitures rouler sur l'autoroute 174 en direction ouest, mais lentement, d'après les bruits de moteur. Il devait y avoir un embouteillage. L'adolescent passa sous le viaduc. L'ombre le rafraîchit ; il y resta quelques minutes, puis il continua. Il passa devant la côte du ruisseau Greene, où les enfants dévalaient la colline, l'hiver, avec leurs traîneaux. En ce matin d'été, la pente verdoyante était déserte. Des adolescents viendraient sans doute s'y amuser avec des vélos de montagne, plus tard dans la journée.

À l'intersection du chemin de Montréal et du début de la promenade Rockcliffe, il se souvint d'avoir parcouru les kilomètres de ce trajet en vélo, avec sa famille. Ils avaient garé la voiture près de la rue Sussex puis, une fois les bicyclettes enfourchées, ils avaient pédalé jusqu'à l'endroit même où Sébastien attendait maintenant que le feu de circulation change de couleur. « Ça, c'était avant que tout aille mal », pensa le jeune, mélancolique. Lorsque le symbole pour les piétons s'alluma, Sébas traversa, son prochain arrêt serait Orléans.

* *

*

M. Laframboise écouta attentivement le message. « Quels renseignements peut-elle avoir ? » se demanda le travailleur social. Il réécouta l'enregistrement et vérifia qu'il avait bien noté le numéro de téléphone. La policière répondit au premier coup de sonnerie. Elle en vint immédiatement au fait.

Le travailleur social lui donna divers renseignements à propos de Sébastien Tardif.

– Est-ce que vous savez pourquoi il aurait voulu se sauver du camp ? demanda la policière.

– Son père est incarcéré, sa mère hospitalisée et sa sœur venait de changer de famille d'accueil. La transition n'est pas toujours facile, vous savez… Il a sans doute voulu la retrouver, mais malheureusement il s'est noyé.

– Pas nécessairement, insinua la constable Larocque.

– Quoi ? Vous voulez dire que…

– Un jeune qui répond à sa description a été ramassé, sur le pouce, par un livreur de journaux. On l'a aperçu à l'hôpital Montfort ce matin.

– Il voulait voir sa mère ! s'exclama Laframboise. S'il n'est plus là, il doit être parti rejoindre sa sœur, ajouta-t-il.

La policière remercia le travailleur social pour sa collaboration, puis elle se précipita vers sa voiture. « Pauvre jeune, une mère dans le coma, un père en prison… en plus d'être séparé de sa sœur… Ça explique bien des affaires », pensa-t-elle.

*   *

*

En pleine ville, le paysage rural détonnait. Des champs de fraises d'un côté du chemin, un verger de l'autre. Ce court tronçon du chemin de Montréal rappelait qu'il n'y avait pas si longtemps, Orléans avait été un petit village et non une ville dortoir. Sébastien y était presque ; il ne lui restait qu'une pente à descendre avant d'atteindre sa destination. L'adolescent voyait déjà les premiers

  24 heures de liberté

commerces du boulevard Saint-Joseph. Le jeune ignora les ampoules qui se formaient sur ses pieds. Tout ce qui comptait, c'était d'avancer.

À une station-service, il demanda au commis s'il pouvait l'aider à trouver un numéro de téléphone. L'employé expliqua qu'il avait dépassé le quota 3G de son forfait de cellulaire. Toutefois, il dénicha un vieil annuaire de téléphone. L'adolescent se souvenait du nom que le travailleur social lui avait fourni lors du placement. Grâce à cet épais recueil, il trouva l'adresse de la femme où demeurait sa sœur. Le caissier lui donna des indications pour se rendre dans le quartier en question. Sébastien le remercia puis il sortit, s'orienta un instant et fonça droit devant. Il était si près qu'il pouvait presque entendre Annie.

* *
*

M. Laframboise n'en revenait pas. Il était soulagé de savoir son protégé toujours en vie! L'homme décida d'attendre des nouvelles de la policière avant de communiquer avec le père de Sébastien et avec sa petite sœur. Le travailleur social vaqua à ses dossiers. Il avait un horaire chargé.

Pendant ce temps, la constable Larocque se mit à patrouiller le chemin de Montréal. Elle arrêta dans les restaurants qui servaient le déjeuner et dans les dépanneurs, en somme, dans tous les endroits où elle jugeait qu'un jeune fugueur pouvait s'attarder, en route vers l'est de la ville. Les employés ne reconnaissaient pas la photo qu'elle leur montrait. Aucun jeune garçon répondant à cette description n'avait été vu. Certains soulignèrent sa ressemblance avec celui qu'ils avaient aperçu à la télévision, plus tôt.

Elle comprit qu'elle était sur la bonne piste lorsqu'une serveuse lui confirma avoir vu Sébastien Tardif.

— C'est le jeune qui a aidé à desservir les tables pour payer son déjeuner. Y'était gentil pis travaillant. Que lui est-il arrivé ? s'informa Becky, inquiète.

— Il a disparu et je le cherche, se borna à répondre la policière, avant de remercier la serveuse et de poursuivre sa route.

* *

*

L'adolescent avait trouvé la maison où sa sœur était tenue captive. La demeure était plutôt vieille, mais bien entretenue. Les bordures des fenêtres avaient été repeintes ; la pelouse était fraîchement tondue ; les plates-bandes sans mauvaises herbes exhibaient des géraniums en santé et des buissons taillés d'une main experte. Les maisons du voisinage témoignaient d'un peu plus de laisser-aller.

Sébastien s'interrogea sur son plan d'attaque. Impossible de simplement entrer dans la maison... « Je pourrais sonner à la porte, pousser la dame et chercher Annie dans toutes les pièces... ou sonner, courir à l'arrière et me faufiler par une fenêtre... à moins que j'attende qu'elles sortent... ou bien que je casse une vitre, pour faire diversion... »

Quand il entendit une voiture approcher, il se cacha derrière une haie de cèdres. Stupéfait, le jeune se terra en reconnaissant une berline marquée de l'emblème de la police locale. Il s'inquiéta encore plus lorsque la voiture vint se garer dans l'entrée de la résidence. Une policière sortit du véhicule, marcha jusqu'à la porte puis appuya sur la sonnette. Une ou deux minutes s'écoulèrent. Elle sonna de nouveau. Cette fois, une dame vint ouvrir. Même à distance, Sébastien vit son expression passer de la curiosité à une sorte d'inquiétude. « La petite chipie a appelé la police ! » pensa-t-elle, affolée.

Intriguée elle aussi, mais se gardant bien de réagir, la constable Larocque se présenta et expliqua pourquoi elle était là. L'autre sembla légèrement soulagée. Elle feignit d'étudier sérieusement la photo de Sébastien, qui ne lui disait strictement rien. Pendant que les deux femmes continuaient de parler, Sébas se glissa en douce vers l'arrière de la maison. À chaque fenêtre, il se jucha sur la pointe des pieds et regarda à l'intérieur. Lorsqu'il vit sa sœur assise sur un lit, il faillit perdre son ballant. Il frappa sur la vitre. Annie se leva et vint à la fenêtre, un énorme sourire lui transformant la figure.

– Ouvre, lui ordonna Sébastien.

– J'peux pas, répondit-elle, c'est barré.

– Attends.

Sébastien remarqua une porte-patio ouverte. Il en fit glisser la moustiquaire et se faufila dans la demeure. L'adolescent entendait toujours la dame et la policière qui jasaient à l'avant. Sébas suivit le couloir jusqu'à la chambre de sa sœur. Voyant la porte verrouillée, en vrai joueur de football, il prit son élan et la força de l'épaule. Annie se précipita vers lui. Sébastien lui prit la main et ils se sauvèrent par la porte coulissante, pendant que la constable Larocque et la dame accouraient. Les jeunes Tardif traversèrent dans une cour voisine, par la haie de cèdres. Pas de temps pour la politesse et la bienséance : ils devaient se dépêcher.

La constable Larocque et la gardienne d'Annie constatèrent que la petite fille n'était plus dans sa chambre.

– Quelqu'un va payer pour ma porte ! Oh, oui ! Quelqu'un va payer ! maugréa la méchante. Eh ! Dépêchez-vous de retourner dans vos chambres, tout le monde, cria-t-elle aux autres enfants, attirés par le brouhaha.

La constable scruta la cour du regard, mais ne vit personne. Elle fouilla dans ses poches et en extirpa son téléphone, pour alerter toutes les patrouilles.

CHAPITRE 14

En route

Sébastien aperçut un petit boisé, de l'autre côté de la rue. L'adolescent jugea qu'ils seraient plus difficilement repérables à travers les arbres que sur le trottoir. Il s'accroupit pour qu'Annie puisse monter sur son dos. De cette façon, la petite ne risquait pas de retarder leur fuite. D'une main, il supportait Annie, de l'autre il écartait les branches susceptibles de leur fouetter le visage.

Par instants, Annie riait comme dans un jeu de cachette. Sébastien aurait préféré qu'elle se taise, mais il n'avait pas le cœur de lui imposer le silence. Depuis son nouveau placement, elle avait eu la vie difficile. Un peu de joie lui ferait du bien. Il était certain que sa bonne humeur ne durerait pas jusqu'à Kingston. Sébastien s'essoufflait, donc il ralentit le pas et écouta : rien. Ils n'étaient pas suivis. Il s'arrêta, fit descendre sa passagère et s'assit par terre pour se reposer un instant.

— T'es rendue pesante, annonça-t-il.

— Non, mais toi, t'es pas fort ! s'exclama la petite, en ricanant.

La constable Larocque sillonnait les rues du quartier. Elle était découragée de n'avoir pu attraper les jeunes. « Ils doivent croire qu'ils vont aboutir en prison, comme leur père, ou qu'ils vont être renvoyés dans des familles d'accueil, loin l'un de l'autre... J'ai d'la misère à croire qu'y pouvaient pas être placés ensemble », pensa la policière en conduisant, vigilante au cas où elle apercevrait les deux fugitifs.

Sébastien et sa sœur sortirent du boisé. Nulle trace de la policière ou de la dame qui gardait Annie. Les jeunes prirent le trottoir. Annie tenait la main de son grand frère. Après tout le temps qu'ils avaient vécu séparés l'un de l'autre, la petite se réjouissait de marcher avec Sébas comme avant, pour aller à l'école.

En quête d'un autobus, Sébas jugea plus simple et plus pratique de se rendre à l'intersection du boulevard Jeanne-d'Arc et de l'autoroute, plutôt que jusqu'au terminus de la Place d'Orléans. L'adolescent se souvenait d'avoir pris le 95 à cet endroit une ou deux fois, pour aller chez un ami. En chemin, il vérifia quelques noms de rues afin de s'orienter. Il ne voulait pas perdre trop de temps à déambuler dans les quartiers résidentiels. « La policière doit patrouiller dans le coin », se dit-il.

Au bout de quelques minutes, les enfants atteignirent l'arrêt d'autobus. Il y avait déjà quatre personnes qui attendaient. Un homme âgé lisait un journal, une dame se maquillait, deux jeunes écoutaient de la musique. Annie s'inventa un jeu de marelle avec les dalles du trottoir. Sébas regardait à l'horizon, impatient de voir arriver l'autobus d'OC Transpo. Brièvement, l'adolescent crut apercevoir une voiture de police. Tous les muscles de son corps se raidirent. Il calcula la distance qui le séparait de sa sœur. Au moment où il allait faire signe à sa cadette qu'ils devaient partir, l'adolescent lut le mot « taxi » sur la voiture qui l'avait vivement inquiété. Sébas sentit ses muscles se détendre. « J'vais virer fou ! J'panique dès que j'vois une grosse berline blanche avec quelque chose sur le toit. Une chance que c'est pas l'hiver, avec tous les supports à skis », pensa-t-il.

Enfin, l'adolescent vit un autobus accordéon mettre son clignotant, puis quitter l'autoroute 174 et emprunter la bretelle de sortie. Le conducteur dut attendre au feu de circulation avant de venir s'immobiliser devant l'arrêt. Sébastien laissa monter les quatre passagers qui attendaient depuis plus longtemps que lui. Les adultes montrèrent leurs passes mensuelles, tandis que deux adolescents déposaient leurs billets dans la fente. Sébas aida Annie à monter. Ensuite, il fouilla dans ses poches et sortit une des coupures de cinq dollars que Becky lui avait remises. Il la montra au chauffeur.

– J'm'excuse le jeune, mais y'a pas de monnaie, déclara l'homme.

Déçu, Sébastien glissa l'argent dans la boîte. Le chauffeur repartit. D'une main habile, l'adolescent se tenait à une des barres de soutien et de l'autre il guidait sa sœur par l'épaule. Ils réussirent à se rendre au fond du véhicule et à s'asseoir côte à côte. Annie regardait le paysage le long de l'autoroute. Son grand frère était heureux. Il avait réussi à quitter le camp, à retourner en ville, à libérer sa sœur et finalement, à prendre l'autobus 95. Cette promenade serait sans doute la partie la plus simple de leur périple. Jusqu'au centre commercial Bayshore, dans l'ouest, tout ce qu'ils avaient à faire était de s'asseoir et d'admirer le panorama de la ville qu'ils s'apprêtaient à quitter.

Au terminus souterrain du centre Saint-Laurent, une trentaine de personnes montèrent. Les passagers s'entassèrent vers l'arrière. Tous les bancs étaient occupés; les gens en trop se tenaient aux nombreuses barres de sécurité disposées un peu partout. Annie murmura à Sébastien qu'elle avait hâte de descendre. Elle n'aimait plus l'autobus, maintenant qu'il était bondé.

— Y'a du monde qui nous regarde, déclara Annie.

Son grand frère jeta un œil discret alentour. Dans un autobus aussi rempli, c'était inévitable. Sébas vit son reflet dans la fenêtre du véhicule. Une douche et des vêtements propres lui auraient fait le plus grand bien.

— Peut-être qu'ils pensent voir un fantôme, dit-il tout bas.

— Quoi? Quoi? demanda Annie.

— Euh... rien, répondit l'adolescent, en prenant conscience de ce qu'il venait de dire. Évidemment, il ne pouvait pas expliquer à sa sœur que, selon le bulletin de nouvelles du matin, il devait être mort noyé. Leur existence était déjà suffisamment compliquée.

— Est-ce qu'on est arrivé? lui demanda la petite.

– Encore un bout. Inquiète-toi pas, j'vais te le dire…

Sébastien rêva un instant qu'il avait plus de cinq dollars dans ses poches. Le conducteur venait s'arrêter à la gare d'Alta Vista. Pour aller voir leur père, le garçon faisait monter Annie dans le train en direction de Kingston, une solution bien simple. Le frère et la sœur se laissaient bercer par la vélocité du train qui parcourait les rails…

En réalité, les tarifs de Via Rail dépassaient ses moyens. Devant l'arrêt Campus à l'Université d'Ottawa, l'adolescent eut un pincement au cœur. Il avait tant rêvé de venir y étudier et y jouer au football pour les *Gee-Gees*, comme son père avant lui. Le jeune homme se mit à lire les panneaux publicitaires qui ornaient l'intérieur de l'autobus, en évitant de regarder les bâtisses de l'université. De nombreux passagers descendirent ensuite au Centre Rideau.

*   *

*

M. Laframboise reçut un appel déplaisant de la dame qui était censée s'occuper d'Annie Tardif. Le travailleur social fut insulté par ses propos. Elle voulait que la Société de l'aide à l'enfance d'Ottawa lui paie une nouvelle porte de chambre.

– Si l'Aide à l'enfance paie pas, c'est vous qui allez payer. L'idée, aussi, de m'envoyer la sœur d'un fugueur, d'un vandale !

– Madame… dit M. Laframboise, en tentant de la calmer.

– Moi qui aide les jeunes orphelins depuis des années ! Moi qui leur ouvre ma maison ! ajouta-t-elle.

– Madame, essaya de nouveau le travailleur social.

– Croyez moi, quelqu'un va payer ! Pis, je vais faire une plainte à la police. Le petit maudit va finir en prison !

Laframboise en avait marre. Il raccrocha. Le téléphone sonna presque instantanément. Il vérifia l'afficheur et, reconnaissant le numéro, il se leva et alla se verser un café. Enragée, la mégère lui laissa un message fort impoli, que le travailleur social effaça sans l'avoir écouté. « Pour qui qu'elle se prend, celle là ? » se demanda-t-il en silence.

*　*
*

Annie observait les gratte-ciel du centre-ville d'Ottawa. Elle lisait les raisons sociales des entreprises, affichées en grosses lettres au-dessus des portes de la majorité des tours. Lorsque les noms étaient étranges, son frère la dépannait. Cette partie de leur trajet était la plus longue, car il y avait de multiples arrêts consécutifs. Sébastien avait hâte qu'ils soient de nouveau sur l'autoroute 417. À cent kilomètres heure, ils arriveraient à destination plus rapidement qu'à quarante. La cadette se lassa de lire les noms des édifices et des sociétés. Elle lui demanda de jouer aux couleurs avec elle. C'était un jeu auquel ils jouaient souvent avec leur mère, au cours des longs voyages en voiture. Il suffisait de choisir un objet, d'en dévoiler la couleur aux autres joueurs, puis d'attendre que quelqu'un devine l'objet sélectionné. L'aîné accepta de jouer. Annie entama la partie.

— Rouge !

— L'autobus ?

— Non !

— L'affiche, là bas ? essaya Sébas, en pointant du doigt.

— Non ! répondit la petite, qui s'amusait grandement.

Après quelques tentatives ratées, Sébastien déclara forfait.

— Je donne ma langue au chat.

— La boucle rouge sur le sac à main de la madame là-bas, déclara Annie, fière de son sens de l'observation. C'est un à zéro, ajouta-t-elle.

Le frère et la sœur poursuivirent leur jeu. Pendant ce temps, l'autobus s'était presque entièrement vidé au centre-ville. Il restait, en tout, une dizaine de passagers. Sébastien s'aperçut qu'un homme le dévisageait. Il se sentit mal à l'aise quand l'homme en question sortit un téléphone cellulaire de sa mallette, composa un numéro et parla à voix basse. Était-il en train de prévenir la police ?

Sébastien espérait arriver à Bayshore rapidement. Il ne voulait pas risquer de descendre avant, car il ne voulait pas avoir à marcher avec Annie, tant et aussi longtemps qu'ils pouvaient rouler en autobus. Sébas tenta d'ignorer l'homme. Il joua encore avec sa sœur au jeu des couleurs. Comme il ne se concentrait pas beaucoup, la fillette gagnait haut la main.

CHAPITRE 15

La poursuite

Le conducteur freina, son trajet se terminait. Il aurait une pause de vingt minutes, avant d'effectuer le même trajet en sens opposé. L'autobus s'immobilisa, le chauffeur ouvrit les portes pour laisser descendre les passagers. Puis il changea l'écriteau, de *95 Bayshore* à *Out of service/Hors service*. Il se leva et s'assura que tout le monde était bel et bien sorti. Il arrivait parfois que des gens s'endorment à l'arrière. Satisfait, le conducteur démarra, quitta le débarcadère et roula jusqu'à la zone de stationnement. Il quitta son véhicule pour se procurer un café et un beigne.

Sébastien épiait celui qui les avait regardés. Le jeune n'était pas rassuré, car l'individu semblait toujours les suivre du regard… Plutôt que de quitter immédiatement le terminus, l'adolescent décida d'effectuer un détour par le centre commercial. Le type les suivait toujours. En voyant approcher un policier, Sébastien serra la main d'Annie dans la sienne. Le bonhomme louche avait rejoint l'agent. Il lui parla et pointa l'index vers les jeunes Tardif, encore tout près de lui. Le policier les interpella.

– Hé, les jeunes !

– Cours, murmura Sébastien à sa sœur.

Le policier à leurs trousses, tous deux se faufilèrent entre une foule de gens. Sébas tira sur la main d'Annie et ils bifurquèrent à gauche. Ils entrèrent dans le centre commercial et cessèrent de courir. Sébas ne désirait pas attirer l'attention des clients ou des commerçants. Dans une boutique, ils se cachèrent entre des étalages de vêtements. Le policier passa devant le magasin sans les voir. Piteux et essoufflé, il abandonna et retourna au terminus.

L'adolescent était fier de son coup. Discrètement, les deux jeunes quittèrent la boutique. Comme Annie avait soif, le frère et la sœur se mirent à la recherche d'une fontaine. L'eau fraîche leur redonna de l'énergie. Ils marchèrent un peu. Ils allèrent à La Baie et s'y promenèrent. Dans les magasins à grande surface, contrairement aux boutiques, les employés sont toujours peu nombreux et éparpillés. Profitant de cet avantage, les fuyards passèrent inaperçus. En passant devant un grand miroir, l'aîné eut l'idée de changer leur apparence. Dans la section des enfants, il trouva un chandail pas trop voyant et un chapeau de paille pour sa sœur. Dans la section des jeunes hommes, il pigea un *t-shirt* et une casquette. Il observa les allées et venues des clients et des employés, mais à la dernière minute, sa conscience l'empêcha de passer à l'action.

Non, ils ne pouvaient pas voler ces vêtements. Sébastien avait déjà commis suffisamment de délits dans les heures qui venaient de passer ; il ne pouvait pas continuer, et encore moins entraîner sa petite sœur dans une activité illicite. Quel type de modèle serait-il pour elle, s'il la forçait à voler ? Sébas déposa les deux chapeaux et les deux chandails sur une pile de chemises à carreaux. Il fit signe à Annie.

— Allez, on part, lui annonça-t-il.

La fillette le suivit sans poser de question. Elle était habituée à écouter son grand frère. Une fois dans le couloir, Sébastien prit une inspiration profonde et expira bruyamment. Annie l'observa d'un œil amusé, puis elle l'imita. Sébastien sourit. Tous deux se mirent en marche. Une fois sortis du centre commercial, ils auraient à traverser l'autoroute puis à marcher vers le sud. Sébastien était conscient que traverser la 417 à pied serait extrêmement dangereux. Il savait aussi que pour se rendre à Kingston, il fallait deux heures en voiture ; à pied, avec une gamine, ça serait très long. Le plus simple était de se rendre sur l'autoroute 416 et de lever le pouce.

*　　*

*

À 10 h 40, la constable Larocque reçut un appel d'un collègue, qui patrouillait au terminus d'OC Transpo, à Bayshore. Un homme à bord du 95 avait signalé la présence du jeune censé être mort noyé, en compagnie d'une petite fille.

— J'ai essayé de leur parler, mais ils se sont sauvés. J'ai couru, mais ils se sont faufilés dans la foule et j'les ai perdus de vue, avoua-t-il.

— Va falloir que tu t'entraînes plus souvent au centre de conditionnement physique, blagua la policière. Le fait qu'ils soient rendus dans l'ouest

de la ville donne déjà une idée de leur destination… ajouta-t-elle.

– Tu penses ?

– Oui… leur père est à Kingston.

– C'est loin, remarqua le policier.

– Tenter de s'y rendre à pied serait de la folie.
Pourvu qu'ils ne se risquent pas sur le pouce !

La policière remercia son collègue pour les
renseignements précieux qu'il lui avait fournis.
Elle dirigea ensuite son véhicule vers l'autoroute
174 afin de quitter la banlieue d'Orléans ; puis, elle
alluma les gyrophares et fit crier la sirène. La voiture de patrouille fila à vive allure jusqu'à la jonc-
tion de l'autoroute 174 et de la 417, à la hauteur
du boulevard Saint-Laurent. La circulation y était
moins fluide. La policière dut se frayer un chemin entre les voitures et les camions. Elle fut en
mesure d'accélérer à partir de la bretelle menant à
la promenade Vanier, la majorité des travailleurs
étant déjà au bureau.

*   *

*

Annie et Sébastien contemplaient l'autoroute
devant eux. À cette heure-là, il y avait peu de voitures en direction de Kanata, et même en sens
contraire. La circulation était raisonnable. Les
jeunes devaient traverser la 417 à cette fourche en
« y », pour suivre l'autoroute 416 jusqu'à ce qu'elle
rejoigne la 401. Sébastien se souvenait des voyages
que sa famille avait effectués à Kingston, à Toronto et aux chutes Niagara. L'adolescent se baissa
pour faire monter Annie sur son dos, comme il
l'avait fait dans le boisé.

　　　　　　　　　　　　24 heures de liberté

– Est-ce que tu es prête ? demanda l'adolescent à sa sœur.

– Oui, répondit-elle, d'une toute petite voix.

Sébastien regarda à sa gauche ; la route était
libre. Il traversa. Puis, il dut attendre qu'une
fourgonnette passe devant eux, dans la troisième
voie. Il s'arrêta entre les tronçons qui allaient vers
l'ouest et ceux qui filaient vers l'est. Les chauffeurs klaxonnèrent, surpris de voir des jeunes en
plein milieu de l'autoroute. Annie se serra contre
son frère. Sébas vérifia encore à sa droite. Il jugea
qu'il avait suffisamment de temps pour traverser,
avant que le camion qui approchait à vive allure
ne soit rendu là où ils se tenaient. L'adolescent se
mit à courir… Comme il arrivait sur l'accotement,
le camion fila derrière eux. Les jeunes avaient tra-
versé de justesse. Sébastien posa Annie au sol et
lui tendit la main. Ils se mirent à longer l'autoroute 416. Direction, Kingston !

* *

*

Deux préposés venaient d'entrer dans la chambre 424 pour changer les draps. Ils se mettaient
à deux, car il fallait soulever la patiente, la coucher sur une civière, faire le lit, puis transférer la
patiente à nouveau. Comme l'aide soignante tirait
sur le drap qui couvrait le corps, elle s'aperçut que
la malade hochait la tête, de gauche à droite. Le
visage de Lucie se crispait, comme sous l'effet de
la douleur. La femme demanda à son partenaire
d'aller prévenir une infirmière. L'homme sortit de
la chambre prestement.

Sébastien et Annie marchaient depuis peu sur l'accotement de gravier, le long de l'autoroute 416. Quand des voitures approchaient, ils tentaient leur chance pour l'auto-stop. Malheureusement, les bons samaritains se faisaient rares sur ce tronçon d'autoroute. Annie marchait en balançant les bras et en chantonnant un air qu'elle avait appris à l'école.

— *Un mille à pied, ça use, ça use. Un mille à pied, ça use les souliers...*

Le grand frère savait que lorsque sa cadette chantait, elle était heureuse. Sans doute, leur réunion avait-elle eu cet effet sur la petite, qui demeurait inconsciente du danger et de la difficulté de leur périple. « C'est beau, la jeunesse et l'innocence », constata Sébastien, pour lui-même.

Des dix-huit roues circulaient allègrement. L'aîné se souvenait d'en avoir vu plusieurs, lors de leurs multiples voyages. Ces gros camions étaient vitaux pour le transport de denrées, du sud à l'est de la province. Certains avaient même des trajets qui les menaient aux États-Unis. Une idée germa dans sa tête.

*   *

*

La constable Larocque conduisait rapidement, à une vitesse de 130 km/h, mais elle avait l'impression de faire du vélo stationnaire. Elle avait dépassé les sorties Parkdale, Carling et Maitland. Il n'en restait pas beaucoup avant le centre Bayshore. Elle aperçut enfin l'énorme magasin Ikea, à la sortie Pinecrest. Soulagée d'arriver sous peu, la policière se mit à réfléchir au plan qu'elle devait suivre. Elle avait plusieurs options : balayer tout le centre commercial au cas où les jeunes y seraient, patrouiller le terminus d'OC Transpo, questionner les chauffeurs et les passagers, ou même prendre l'autoroute 416 en direction de Kingston.

— Si j'étais un jeune de quinze ans en fugue avec ma petite sœur de six ans, où est-ce que j'irais ? Chez de la famille ou des amis... raisonna la policière, à mi-voix. Seulement, s'ils avaient pu compter sur des proches, ils n'auraient pas abouti dans des familles d'accueil distinctes. Bon, il leur reste un choix.

La constable Larocque clignota pour changer de voie, quitta la 417 et s'engagea sur l'autoroute 416.

* *
*

L'infirmière Rosette Lachance entra rapidement dans la chambre 424 où sa voisine et amie était alitée, dans le coma depuis des mois. Le préposé qui était allé prévenir les infirmières avait raison : Lucie bougeait ! Des larmes de joie coulèrent sur les joues ridées de l'infirmière qui comptait les mois avant sa retraite. Elle se précipita au poste des infirmières pour qu'on prévienne un médecin.

Rosette prit le pouls de la patiente. Puis, elle vérifia les données sur les diverses machines reliées au corps de Lucie Tardif. Celle-ci hochait toujours la tête et plissait le visage, mais moins fréquemment. Quand le docteur Séguin arriva, la patiente se mit à marmonner.

– Les gestes et les bruits sont un bon signe.
Elle sort lentement de son coma, expliqua le docteur Séguin.

* *

*

Annie cessa de chanter.

– T'as entendu ça ? demanda-t-elle à son frère.

– Quoi ?

– Une sirène, répliqua la petite. Ç'a duré juste
une seconde.

Sébastien hésita. Il écouta attentivement, mais
il ne put capter de son strident. Peut-être qu'Annie
se trompait… Par prudence, il la guida vers le fossé. Heureusement, il n'avait pas plu et l'endroit
était sec. Ils s'assirent en croisant les jambes. Au
bruit d'une voiture qui filait à vive allure, il rampa
jusqu'au haut du fossé. Annie avait bien entendu. Sébas suivit des yeux la voiture de police qui
s'éloignait, droit devant eux. L'adolescent avala sa
salive, difficilement.

La constable Larocque ne comprenait pas
comment les deux jeunes Tardif avaient pu lui
échapper. C'était impossible qu'ils se soient rendus si loin à pied. Elle mit son clignotant, puis elle
effectua un virage en « u » illégal, en direction nord.

– Ou bien un automobiliste les a fait monter,
ou bien je me trompe complètement, dit tout haut
la policière dans la voiture de patrouille.

La constable détestait perdre la trace des gens
qu'elle pourchassait ; surtout des jeunes, souvent
plus malins que les adultes ne le croyaient…

CHAPITRE 16

L'autoroute

En sortant de leur cachette, Annie ne chantait plus. La petite semblait apeurée, pour la première fois depuis leur départ. Cette crainte inquiéta Sébastien. Il angoissait suffisamment pour deux. Afin de distraire sa sœur, il se mit à chantonner, en faussant exagérément.

– *Un mille à pied, ça use, ça use. Un mille à pied, ça use les souliers.*

Annie se moqua de la voix de son grand frère. Puis, elle se mit à fredonner comme son enseignante le lui avait montré. Sébastien réessaya, toujours en faussant volontairement; la cadette recommença alors la leçon, joyeusement.

– On arrive-tu? demanda-t-elle, après un bout de temps.

Sébastien, ne savait pas trop quoi répondre. Ils en avaient encore pour plusieurs heures avant Kingston...

– Non, on n'arrive pas Annie. Papa est très loin, affirma-t-il franchement.

La petite rouspéta un peu, mais continua de marcher. Elle préférait les balades en voiture avec ses parents à cette longue marche au milieu de nulle part. Le long de l'autoroute, il y avait très peu de maisons et de commerces pour la distraire. Des champs, encore des champs et des véhicules qui faisaient « vroum » en passant très vite ; voilà tout ce qui entourait la fillette.

Cette fois, lorsque Sébastien redressa le pouce de sa main droite et tendit le bras, une camionnette bleue ralentit, mais elle ne s'immobilisa pas.

— Le chauffeur a dû vérifier s'il nous connaissait, raisonna-t-il.

Quelques secondes plus tard, une Honda Civic arrêta sèchement, à une quinzaine de mètres des deux jeunes. Sébastien prit la main de sa sœur et les deux se mirent à courir vers elle. Une fois qu'ils furent rendus près du véhicule, le chauffeur appuya sur l'accélérateur et avança de quelques mètres. Sébastien et Annie pressèrent le pas. Le chauffeur accéléra encore. Comprenant que le chauffeur n'avait aucune intention de les dépanner, mais voulait simplement s'amuser à leurs dépens, l'adolescent retint ses injures et s'immobilisa. Le chauffard appuya sur l'accélérateur et s'éloigna pour de bon.

— Pourquoi le monsieur arrêtait pis avançait ? demanda Annie.

— Y voulait jouer à un jeu niaiseux, lui expliqua son grand frère.

Le soleil plombait. En plus de la chaleur écrasante et après ses tribulations de la veille, Sébastien devait endurer la douleur provoquée par toute cette marche. Il était persuadé que ses pieds seraient ensanglantés d'ici à ce qu'il puisse retirer ses souliers. Une dizaine de véhicules filèrent sans s'arrêter. L'adolescent se découragea un peu. « Ils doivent avoir peur de ramasser deux passagers. Ils doivent se demander ce que deux jeunes font là, sans parents. Ils craignent d'être mêlés à nos problèmes », déduisit Sébas.

Annie ralentit le pas. La chaleur l'accablait elle aussi. La fillette avait de plus en plus soif, mais elle savait que son frère n'avait pas de gourde. Ils étaient partis en promenade sans eau, sans sac, sans provisions... « Maman nous aurait jamais laissés partir comme ça », pensa Annie en se léchant les lèvres, pour tenter de les humecter. Sébastien commençait à en avoir marre de faire du pouce. Il entendit le vrombissement d'un moteur à multiples cylindres et tenta sa chance, une dernière fois. Un dix-huit roues s'immobilisa à quelques mètres. Quand Sébastien et Annie arrivèrent à la portière, le chauffeur s'étira et l'ouvrit.

— Montez ! fit l'homme, jovial.

Sébas aida sa sœur à gravir les marches, puis à prendre place au centre de la banquette moelleuse. L'adolescent grimpa à son tour, tira la portière pour la fermer, boucla la ceinture de sécurité de sa cadette, et ensuite la sienne.

— Où est-ce que vous allez ? leur demanda le camionneur, un rouquin tout en muscles.

— À Kingston ! déclara Annie.

— C'est un bout ça, je ne vais pas aussi loin, mais je peux vous aider quand même.

— Merci M'sieur, c'est bien bon de votre part, s'empressa de dire Sébastien.

L'autre quitta l'accotement de gravier. Une fois qu'il eut atteint une vitesse de croisière de 110 km/h, il baissa le volume de la radio et se mit en frais de questionner ses passagers.

— Pourquoi vous allez à Kingston ?

– Pour voir notre papa ! s'exclama la fillette.

– Oui, pour voir notre père, répéta Sébastien.

– Se balader à pied, le long de la 416, c'est pas la meilleure idée...

– On le sait M'sieur, mais on a perdu nos billets d'autobus Greyhound, donc on n'avait pas trop le choix, mentit Sébastien.

* *
*

Claude Tardif avait de la difficulté à se concentrer sur son livre. Il relisait sans cesse les mêmes phrases, sans en comprendre le sens ou en retirer d'information. Cela lui arrivait normalement lorsqu'il était fatigué, mais cette fois, ce n'était pas le cas. « Ben voyons ! Qu'est-ce que j'ai ? » se demanda-t-il. Il ferma le bouquin sur les stratégies de recherche d'emploi après incarcération, puis se leva et parcourut la longueur de sa cellule à quelques reprises. Le prisonnier se demandait bien ce qui pouvait tant l'énerver.

* *
*

Jack, le camionneur, demeurait à Carp. Il effectuait divers trajets au cours de sa semaine de travail. Parfois il se rendait à Toronto, des fois à Montréal et très souvent à Cornwall. Il s'occupait du transport de légumes cultivés dans la région de la Capitale nationale. Depuis dix ans, il exerçait ce métier qu'il aimait beaucoup.

– Vous savez les jeunes, si j'arrive en retard à destination, y'a des gens qui mangent pas. C'est pour ça que c'est important de suivre un horaire, expliqua-t-il. Moi, je pars toujours plus tôt que prévu. Comme ça, si y'a des problèmes sur la route, j'ai du temps d'extra.

— C'est logique, avoua Sébastien.

Le camionneur aimait jaser avec ces jeunes qui lui rappelaient ses neveux. C'était bien mieux de parler avec des humains que d'écouter la radio à longueur de journée. Annie, qui commençait à avoir faim, demanda quel type de légumes se trouvait dans la cargaison. L'homme prit la question de la fillette très au sérieux et se mit à énumérer la variété de légumes empaquetés dans ses boîtes de carton. Annie visualisait toutes ces victuailles et son ventre grognait doucement. Elle regardait la console de la radio et de la climatisation. Étant trop petite, elle ne voyait pas à l'extérieur. Elle aurait bien aimé voir la route, les voitures qu'ils suivaient, les prés et les bois en bordure de l'autoroute. Le voyage en camion était amusant ; le banc avait des ressorts qui faisaient bondir la fillette à chaque bosse dans le chemin. Annie souriait à chaque rebondissement.

— Va falloir que vous débarquiez bientôt. On approche de Prescott, annonça Jack. Moi, j'vais suivre la 401 vers Cornwall, tandis que vous allez en sens contraire, vers Kingston, ajouta-t-il.

— Ah, OK. Merci de nous avoir aidés pour ce bout de route, répliqua Sébastien.

L'adolescent regrettait que le camionneur n'ait pas de livraison à Toronto, ainsi, Annie et lui auraient pu se rendre jusqu'à Kingston en camion. Tant pis. Au moins, ils avaient parcouru plus de kilomètres avec Jack que ce qu'ils avaient fait à pied.

* *
*

Entre-temps, Lucie cessa de hocher la tête et de se tordre la figure sous la douleur. Elle ne bougeait plus et elle avait cessé de marmonner de façon incohérente. L'infirmière qui veillait sur Lucie depuis des mois, souhaitait que cette mère de famille sorte définitivement du coma et puisse à nouveau jouir de la vie, plutôt que végéter ainsi dans un lit d'hôpital. Puisque l'état de la patiente ne changeait pas, l'infirmière quitta la chambre 424 et vaqua à ses occupations habituelles.

* *
*

Jack commença à appuyer sur la pédale des freins, avant la limite où la 416 rejoignait l'autoroute 401. Le camionneur montra à ses passagers l'endroit où il s'arrêterait.

— Là, je vais arrêter à la station-service pour que vous puissiez descendre, dit-il en pointant de la main droite. D'ici, vous pourrez marcher jusqu'à Prescott. Il y a un arrêt d'autobus tout près. Moi, j'irai de l'autre côté.

En appuyant toujours sur les freins, puis en actionnant le clignotant droit, le camionneur tourna vers le garage et stoppa le dix-huit roues.

— Bonne route, les jeunes !

— Merci beaucoup Jack ! répondirent en chœur Sébastien et Annie.

L'aîné détacha sa ceinture, il aida sa sœur à faire de même, puis il ouvrit la portière et se glissa en bas de la cabine. Annie sauta dans les bras de son grand frère. Sébas referma la portière. Jack sourit aux deux jeunes qui lui faisaient signe de la main. L'homme klaxonna à deux reprises et reprit la route. Sébastien empoigna la main de sa sœur et les deux se mirent à marcher.

Le trajet en camion leur avait permis de se reposer les jambes. Ils étaient maintenant prêts à faire encore un bon bout de chemin. Le soleil de midi était brûlant. Les jeunes suaient à grosses gouttes. Des voitures les dépassaient continuellement. L'adolescent pensa à l'air climatisé qui rafraîchissait ces véhicules. Comme il aurait aimé être à bord de l'un d'eux.

– Sébastien ?

– Oui ?

– J'ai faim !

L'adolescent avait prévu que cette exclamation viendrait bientôt.

– On va marcher jusqu'à Prescott. Là, on va trouver quelque chose à manger.

– OK.

Une fois à Prescott, il leur resta à trouver un endroit où manger à peu de frais. Avec cinq dollars et pas un sou de plus dans ses poches, Sébastien opta pour une petite épicerie. À l'intérieur du magasin, on ressentait la fraîcheur, tout un contraste. Leurs yeux s'habituèrent à l'éclairage artificiel. Il ramassa, puis paya une bouteille d'eau ainsi qu'un gros sandwich.

Annie le suivit et ils sortirent de l'épicerie. La fillette vit un banc de parc, sous un érable. Elle le montra à son frère, heureuse d'avoir un endroit à l'ombre où manger. L'adolescent tendit la moitié d'un sous-marin à la dinde à sa sœur. Il garda l'autre morceau pour lui. Le goût du pain, de la viande, de la laitue et des tomates était délicieux.

Sébas dévissa le bouchon de la bouteille d'eau et en but un trait, puis il aida sa sœur à boire quelques gorgées sans que l'eau dégoutte sur tous ses vêtements. Une fois leur soif apaisée, l'adolescent revissa le bouchon, heureux qu'il reste de l'eau pour s'abreuver en route.

* *

*

Claude n'appréciait pas la nourriture qu'on lui servait en prison. Les repas qu'il partageait avec sa famille lui manquaient. Il se demanda ce que ses enfants mangeaient, s'ils aimaient le repas qui devait être devant eux. Attristé d'être si loin des siens, il repoussa son assiette, incapable d'ingurgiter une autre bouchée. Le père souhaitait tant avoir des nouvelles de sa famille, mais il n'en recevait ni de la part de ses ouailles, ni de son avocat, ni du travailleur social.

Le détenu Tardif se leva au signal du gardien. Il ramassa son plateau et fit la file avec les autres prisonniers, pour déposer sa vaisselle au comptoir de lavage. Les plongeurs ramassaient les plateaux distraitement, plutôt intéressés par la fin du bulletin de nouvelles de midi, à l'écran d'un vieux téléviseur boulonné, sur une tablette de métal au dessus du comptoir. Claude s'adonna à regarder l'écran. Le visage du lecteur de nouvelles disparut après vingt secondes. La figure de l'adulte fut remplacée par celle d'un adolescent. Le prisonnier crut rêver : c'était Sébastien.

– Montez le volume, s'il-vous-plaît ! Montez le volume. C'est mon gars !

Un des plongeurs augmenta le son. Claude resta planté en file, poussé par des détenus qui voulaient déposer leur plateau.

Selon la police d'Ottawa, il est possible que Sébastien Tardif, présumé mort à la suite d'une noyade, soit en vie. Des sources ont contacté la police, après avoir vu un jeune qui répondait à sa description physique. De plus, la police enquête sur la disparition d'Annie Tardif, la sœur du disparu. La fillette de six ans s'est enfuie du foyer d'accueil où elle demeurait. Il y a eu une entrée par effraction. La police n'a pas précisé s'il s'agissait d'une fugue planifiée ou d'un kidnapping.

Claude cessa d'écouter. Ses enfants avaient disparu. Ses enfants avaient disparu !

CHAPITRE 17

Un cri soudain

À cause de la fatigue, les deux jeunes avançaient lentement. Sébastien tira sa sœur vers l'ombre qu'offrait un saule imposant, qui poussait au bord de l'autoroute. L'aîné dévissa le bouchon de la cruche d'eau et la tendit à sa sœur, qui en but quelques gorgées. L'adolescent en avala ensuite une généreuse rasade.

— C'est encore loin, hein ? demanda Annie.

— Oui, Annie, oui, murmura Sébastien, légèrement découragé.

Ils allaient se rendre à Kingston, lentement, mais ils s'y rendraient. Sébastien en était persuadé.

*   *

*

Les amis de Brigitte avaient apprécié le déjeuner gourmet qu'elle leur avait préparé. Après que la vaisselle fut lavée et rangée, que la literie fut changée et que l'ensemble du chalet fut aussi propre que l'avaient laissé les parents de Brigitte, les quatre

amis se changèrent rapidement. Vêtus de maillots
de bain, serviette à la main, ils allèrent se baigner.

La température de l'eau était agréable, ni
trop chaude ni trop froide. Les cinq universitaires batifolèrent, profitant de leur congé. Toutefois, l'hôtesse ne semblait pas s'amuser autant
que ses convives. Ses amis ne la taquinèrent pas
pour autant ; après tout, ils étaient des invités. Les
jeunes adultes croyaient qu'elle avait mal dormi,
mais ce n'était pas le cas. Brigitte s'inquiétait pour
l'adolescent qu'elle avait rencontré, puis qu'elle
avait aidé pendant la nuit. Que lui était-il bien arrivé ? « Si je lui avais donné mon numéro de cellulaire, est-ce qu'il m'aurait appelé, un coup rendu à
Ottawa ? » se demandait-elle. La jeune femme se
jura qu'une fois de retour en ville, elle tenterait de
se renseigner.

Tant qu'elle était au lac, il n'y avait rien à faire.
Mieux valait profiter de la belle journée. Brigitte
secoua la tête un peu, histoire de se changer les
idées. Puis elle rit de Ben, que son amie Nikki
avait surpris en tirant sur son maillot, qu'il avait
presque perdu.

— Est-ce que vous voulez faire du ski nautique ? proposa Brigitte.

Ses amis répondirent par l'affirmative. Une
fois de plus, elle enleva les toiles qui couvraient le
bateau. Elle sortit une paire de skis, rangée dans
la cale. Fred se porta volontaire pour y aller en
premier ; il préférait mettre un gilet de sauvetage
sec plutôt que de frissonner. Le jeune homme eut
un peu de difficulté à se mettre debout mais après
quelques essais, il réussit. À bord de l'embarcation, ses amis l'encouragèrent vivement. Il l'avait !
Fred était heureux, tellement heureux qu'il tenta

d'effectuer un saut, mais il culbuta au lieu d'atterrir en douceur. Sa chute déchaîna le rire général. Brigitte tourna le volant rapidement et mena le bateau à vive allure, vers l'endroit où flottait Fred. Ce fut ensuite Ben qui tenta sa chance.

— Il l'a pas! cria Nikki.

Le gars devenait de plus en plus frustré. Malgré ses efforts, il ne réussissait pas à se lever en ski. De nature orgueilleuse, il n'acceptait pas facilement le fait d'être incapable de faire du ski nautique.

— Si Fred est capable, ça peut pas être si difficile que ça, marmonnait-il.

— Si tu veux, Ben, tu peux faire du tube… T'as juste à te tenir, se moqua Brigitte.

— Non, c'est beau… j'vais réessayer, répondit-il sèchement.

Il l'aurait, coûte que coûte.

*   *

*

Quand Annie aperçut des marguerites en bordure de la chaussée, elle s'arrêta et se mit à en cueillir. Sébastien se demandait ce que sa sœur voulait bien faire avec un bouquet. Il s'en enquit.

— Un bouquet pour papa, pour décorer sa chambre, expliqua naïvement la petite.

Au lieu de la corriger en disant «sa cellule», Sébastien l'encouragea à choisir seulement les cinq plus belles fleurs.

— On a encore loin à marcher. Ça va être encombrant, si tu en as trop.

Annie accepta cette logique et se mit à trier les fleurs. Finalement, heureuse de sa sélection, elle se remit en marche. Sébastien enviait sa cadette, qui ne comprenait pas tout ce qui se passait dans leur vie. Lui devait faire face à la dure réalité, depuis que sa mère avait eu son accident et que son père avait manqué de jugement.

*   *
*

Une grosse camionnette rouge s'arrêta près de Sébastien et d'Annie. Le passager avant abaissa la glace et s'adressa à la fillette.

— Bonjour ma petite, que fais-tu sur le bord de l'autoroute ? C'est dangereux.

Annie serra la main de Sébastien de toutes ses forces en s'abstenant de répondre. Sa mère lui avait souvent répété qu'elle ne devait pas parler aux étrangers.

— Nous allons à Kingston, fit Sébas, d'un ton sec.

— Embarquez, on va vous mener un bout.

Sébas doutait un peu des intentions des hommes dans la camionnette. Le chauffeur leur fit signe de monter à l'arrière. L'adolescent abaissa la palette et hissa sa sœur dans la boîte de chargement, puis il y grimpa à son tour. Le chauffeur appuya sur l'accélérateur et le véhicule reprit la route, entre un coupé sport et une vieille berline.

Annie bondissait sur place à cause des cahots dans le chemin. Au début, la petite s'amusait à chaque bond, mais après quelques soubresauts, elle commença à ressentir de la douleur. Sébastien se glissa plus près d'elle et tenta de la retenir un peu. Le chauffeur conduisait très rapidement. Quant au passager, il se tournait souvent vers l'arrière et une expression louche illuminait son visage. Sébas se sentait mal à l'aise. Il aurait voulu descendre immédiatement du véhicule.

Derrière un camion qui tirait lentement une roulotte, l'homme au volant se mit à klaxonner et à vociférer :

— Si t'as pas un camion assez gros, tu devrais pas remorquer !

— T'as ben raison, renchérit le passager.

— À part de ça, c'est quoi l'idée... continua l'autre, en commençant une manœuvre.

Il manqua de temps pour terminer sa phrase : un cerf de Virginie traversait l'autoroute. Surpris, le chauffeur donna un violent coup de volant et percuta un camion de transport. La camionnette rouge fut propulsée dans le fossé et s'arrêta net. Sébastien et Annie furent projetés à plusieurs mètres de la scène. Le routier appuya sur les freins et colla son véhicule sur l'accotement.

* *

*

— N... no... on !, bégaya Lucie Tardif. Non, non, non ! répéta-t-elle.

Ses cris attirèrent l'attention du personnel de l'hôpital. Une fois de plus, on veillait au chevet de la patiente. Qu'est-ce qui pouvait bien se passer ? La gorge asséchée, la malade se mit à tousser. Une infirmière lui apporta un gobelet rempli de glace concassée. Une autre lui humecta les lèvres avec une éponge. À 13 h 27, Lucie ouvrit tout grand les yeux. Elle sembla regarder dans le néant.

— Sébastien, Annie, non ! cria-t-elle, avant de chuter à nouveau dans son état comateux.

Infirmières et médecin vérifièrent la pression et la respiration de la patiente. Il devait y avoir une raison à ses cris. Arrivait-il quelque chose aux enfants de la femme alitée ?

* *
*

Le camionneur se servit de sa radio pour alerter la police et les ambulanciers. Il descendit de sa cabine pour voir l'état des hommes à bord de la camionnette.

– *Are you all right?* s'informa-t-il, en essayant de voir à l'intérieur.

L'anglophone attendit un instant, mais aucune réponse ne parvint à ses oreilles. Il dut faire preuve de force afin d'ouvrir la portière du chauffeur. Il posa les doigts sur la nuque de l'homme et vérifia son pouls. Ça irait. En se contorsionnant un peu, il réussit à détacher la ceinture de sécurité et à sortir l'homme de la camionnette. Le routier craignait qu'il y ait une fuite de carburant et que le véhicule explose ; il agissait donc rapidement. Il tira le conducteur à quelques mètres de son véhicule, l'étendit sur le sol, puis partit secourir le passager. Ce dernier s'était cogné la tête contre le pare-brise. Son arcade sourcilière droite était fendue et son visage maculé de sang. Malgré tout, le blessé respirait. Le camionneur eut plus de difficulté à transporter ce corps inerte, mais y réussit, avec l'aide d'un automobiliste arrêté près du lieu de l'accident.

Deux véhicules de police ainsi qu'une ambulance arrivèrent en trombe, dans un grand bruit de sirènes. En un rien de temps, on s'employa à soigner les blessures et à réanimer les victimes. Les policiers prirent les dépositions des deux samaritains et appelèrent un garage local. Sain et sauf à deux mètres de la chaussée où se trouvait le camion, le chevreuil mâchouillait de longues herbes.

Étant donné les dommages minimes à son véhicule, le routier eut l'autorisation de poursuivre sa route. Heureux de ne pas être retardé davantage, l'homme partit en direction de Toronto. Pour leur part, les policiers rédigèrent un bref rapport, en attendant la remorqueuse.

*   *
*

— Est-ce que ça va ? demanda le grand frère à sa sœur, allongée dans un champ de maïs à plusieurs mètres du lieu de l'accident.

— J'ai mal, déclara la petite en pleurant.

Sébastien l'examina rapidement. En plus de quelques coupures bénignes à la figure, la fillette avait de nombreuses ecchymoses sur les bras et les jambes.

— Dis-moi où ça fait mal, demanda Sébas.

— Ici, indiqua Annie, en désignant son poignet gauche.

Sébas lui tâta le poignet et y appliqua un peu de pression. Annie lâcha un petit cri aigu.

— Je pense qu'il est cassé, annonça-t-il à sa cadette.

Ils avaient été projetés assez loin, mais n'avaient subi que des blessures mineures. Sébastien s'était examiné rapidement : rien de fracturé ou de fêlé. Certes, il avait quelques écorchures çà et là sur les bras, un peu de sang, mais en somme rien de grave. Bonne nouvelle, la petite n'était pas blessée aux jambes et pourrait marcher un peu. Par contre, mieux valait consulter un médecin rapidement, à cause de l'enflure et de la douleur au poignet.

Sébastien réfléchit. Était-ce de la folie que de vouloir poursuivre la route ? Ils étaient si près de Kingston, mais si loin à la fois...

*   *
*

Le camion à remorque quittait la scène de l'accident avec le gros *pick-up* rouge. Les policiers s'apprêtaient à partir, tandis que les secouristes refermaient les portes de leur véhicule. Un ambulancier signala que les blessés sentaient l'alcool. Les policiers vérifièrent si le chauffeur était bel et bien en état d'ébriété. Comme c'était le cas, il s'agissait d'un crime plutôt qu'un accident causé par un cervidé en travers de l'autoroute. Leurs blessures étant plutôt superficielles, les deux occupants de la camionnette pourraient être interrogés sans délai.

*   *
*

La douleur ralentissait Annie. Sébastien la prit sur son dos, pour avancer plus rapidement. La respiration haletante, l'adolescent écartait les pousses de maïs de son chemin. « Pauvre petite, elle n'a jamais eu si mal », pensa Sébas. Une fois arrivée à la 401, Annie fondit en larmes. Les sanglots de sa cadette percèrent le cœur de l'adolescent.

– Ça va aller Annie. Ça va aller, lui répétait-il.

– J'ai mal !

Ces quelques mots indiquèrent à Sébastien qu'il devait agir autrement et trouver de l'aide coûte que coûte. La petite s'était recroquevillée sur elle-même en essayant d'arrêter le torrent de larmes qui mouillaient sa jolie frimousse. Le grand frère tendit le pouce et souhaita que quelqu'un arrête. Des camions de transport, des autobus voyageurs et des voitures filaient sans ralentir.

*　*
*

Claude désirait avoir davantage d'information. Les seuls renseignements possibles lui viendraient du bulletin de nouvelles de 18 h, durant le souper. Peut-être que d'ici là, il y aurait eu des développements. Le prisonnier détestait la position dans laquelle il se trouvait. Toutefois, il savait qu'il y était par sa propre faute. Il marcha de long en large dans sa cellule, sans que son codétenu n'intervienne. En prison depuis dix éternelles années, six pénibles mois, deux longues semaines et un jour de trop, ce dernier comprenait son angoisse.

*　*
*

Depuis son virage sur la 416 pour revenir à Ottawa, la constable Larocque avait été très occupée. La fugue de Sébastien et d'Annie Tardif lui restait en tête. Elle n'aimait pas l'idée que ces jeunes se soient volatilisés. Aussitôt qu'elle avait quelques minutes, la constable donnait des coups de fil au poste et demandait à la répartitrice si on avait des

nouvelles. Chaque fois, elle était déçue. « Ils doivent être quelque part entre Ottawa et Kingston.
Il le faut », pensa-t-elle encore une fois.

CHAPITRE 18

Les Beaulieu à la rescousse

Sébastien sourit. Un véhicule récréatif clignotait vers la droite. Il ralentit et vint s'arrêter tout près des jeunes. Le chauffeur alluma les feux de détresse. Impatient, Sébastien attendit qu'on baisse une vitre ou qu'on ouvre la porte. Finalement, un homme affligé d'une certaine calvitie et une dame aux cheveux gris, tirés en chignon, descendirent du gros véhicule de camping. Le couple âgé marcha vers Annie et Sébastien.

— Ça ne va pas? demanda la dame.

— Non madame, ma sœur s'est cassé le poignet, annonça Sébastien.

Inquiète tout d'un coup, la dame s'accroupit devant Annie.

— Bonjour ma grande. Comment est-ce que tu t'appelles? demanda-t-elle.

— A... Annie, répliqua la fillette.

— Bien, bonjour Annie. Moi, c'est Huguette... Huguette Beaulieu et mon mari s'appelle Georges, ajouta la dame en pointant vers son époux. Dis-moi où ton poignet est blessé, exactement. Est-ce que je peux y toucher?

Hésitante, Annie regarda Sébastien, qui hocha la tête en signe d'accord. Mme Beaulieu palpa le poignet de la fillette, puis elle déclara elle aussi qu'il y avait probablement une fracture.

— Georges, va vite chercher de la glace, ordonna-t-elle à son mari.

Au pas de course, l'homme retourna à son véhicule. En un rien de temps, il remit un sac rempli de glace à son épouse, qui l'appliqua délicatement sur le poignet de la bambine.

— Est-ce que ça va mieux ?

— Oui, merci, dit-elle doucement.

Sébastien remercia la dame à son tour. Ensuite, il fut interpellé par M. Beaulieu.

— Où est-ce que vous alliez comme ça ?

— À Kingston, avoua Sébastien.

— Tout seuls ? On peut vous emmener pour un bout de chemin, si vous le voulez. Nous, on s'en va chez de la famille à Napanee. Il va y avoir un gros pique-nique pour souligner la retraite de mon beau-frère, confia Georges à Sébastien.

— Ça ne serait pas de refus, répliqua l'adolescent.

Une fois à bord, Huguette leur indiqua où s'asseoir. Ensuite, la dame retourna à l'avant et prit place aux côtés de son mari, qui manipulait son GPS afin de trouver les coordonnées d'un hôpital, à Kingston. Puis, il démarra.

* *

*

Les soupçons des ambulanciers se confirmèrent. Arrivés à l'hôpital, les policiers rédigèrent une contravention plutôt salée pour le conducteur, qui attendait toujours d'être examiné par un médecin. De plus, le criminel aurait à comparaître devant un juge. Le fait que l'alcool soit en jeu dans cette collision ne constituait pas l'élément le plus surprenant de l'enquête menée par les policiers. En effet, une question du passager avait attiré l'attention des gardiens de l'ordre et de la loi.

– Est-ce que la petite fille est correcte ?

L'homme dut subir un interrogatoire. Il avoua qu'il y avait eu une belle petite fille et son grand frère, dans la boîte de chargement du camion. Un appel fut immédiatement lancé aux véhicules de patrouille les plus près. Deux jeunes, blessés peut-être gravement, devaient être retrouvés. Gyrophares allumés et sirène hurlante, une équipe se rendit sur les lieux de la collision et se mit à fouiller. Les agents trouvèrent de nombreux plants de maïs écrasés, à quelques mètres. Est-ce que les jeunes étaient toujours dans les parages ? Ils passèrent la région au peigne fin, mais ne trouvèrent pas trace du garçon ou de la fille. « La bonne nouvelle, c'est qu'ils doivent être en vie », pensa un des officiers.

*   *

*

Originaire de Napanee, Huguette Beaulieu avait étudié à Ottawa au début des années soixante. Elle y avait rencontré l'homme qui allait devenir son époux. Ils avaient élu domicile et avaient élevé leurs quatre enfants à Vanier. Après leur retraite – lui, d'un concessionnaire Ford où il avait été vendeur ; elle, de l'hôtel de ville où elle avait été secrétaire – ils firent l'acquisition du véhicule récréatif pour voyager un peu. Le couple aimait être toujours dans ses affaires, même loin de la maison.

Sébastien et Annie écoutèrent le récit de vie de Mme Beaulieu. Georges l'interrompit à quelques reprises, pour y ajouter des précisions. Malgré sa blessure, Annie ne pleurait plus et elle ne se plaignait pas. Tout allait pour le mieux.

Mme Beaulieu prépara une légère collation pour ses deux passagers. Ces derniers se régalèrent de quartiers de pommes, de tranches de fromage Saint-Albert et de craquelins.

Georges gardait les yeux rivés sur la route et les mains sur le volant. Conduire à cinq km/h au dessus de la limite de vitesse lui suffisait. Ils arriveraient à Kingston quand ils y arriveraient. La petite était blessée, mais pas sérieusement. Donc, nul besoin de paniquer. Au volant de son mastodonte, il avait l'impression d'être le roi de la route. Lui et son épouse tentaient de faire le plus de voyages possible, tant que la santé le leur permettait. Ils avaient parcouru presque tout le Canada et plusieurs états américains. Le couple adorait se promener et rencontrer des gens. Il avait déjà dépanné plusieurs routards, mais c'était la première fois qu'il tombait sur des autostoppeurs si jeunes. M. Beaulieu était persuadé que ses passagers cachaient le véritable motif de leur présence au bord de l'autoroute. « Quels parents laisseraient leurs enfants partir pour Kingston à pied ? » se demandait l'homme.

Annie s'endormit peu après sa collation. Sébastien aussi était fatigué, mais il luttait contre le sommeil, afin non seulement de regarder le paysage qui défilait de l'autre côté de la fenêtre, mais encore de s'assurer que M. Beaulieu se rendait vraiment à la destination qu'il leur avait promise. Depuis le début de sa fugue, Sébas avait fait confiance aveuglément à une foule de gens ; la majorité s'était avérée fiable, mais quelques mauvaises expériences le mettaient sur ses gardes.

Huguette choisit une plage numérique du lecteur mp3 intégré à la console du tableau de bord. La dame était une friande admiratrice de musique *country-western*. Elle et son mari assistaient régulièrement à des festivals. Son voyage coup de cœur avait eu lieu à Nashville au Tennessee, capitale de la musique *country*. Après quelques secondes, la mélodie émana discrètement des haut-parleurs. Huguette se mit à chanter doucement.

> *Dans ma belle petite maison dans la vallée,*
> *Jusqu'à la fin de mes jours où je vivrai.*
> *Mon petit mari à mon cou,*
> *Mes enfants sur mes genoux*
> *Dans ma belle petite maison dans la vallée...*

*   *
*

La police provinciale de l'Ontario en entier avait été avisée de la disparition de Sébastien et d'Annie Tardif. Tous les agents de la province étaient sur le qui-vive au cas où ils verraient les jeunes fuyards. La P.P.O. avait souvent affaire à des disparitions et des enlèvements, mais ce cas-ci était particulier. Tentative de noyade, fugue, enlèvement d'une mineure, disparition après un accident... Les policiers devaient être prêts à toute éventualité.

De son côté, la constable Larocque rédigeait son rapport. Même s'il était incomplet, elle espérait que des éléments pourraient aider ses collègues à travers la province. La policière craignait qu'un malheur horrible soit arrivé aux jeunes. Comme elle allait imprimer son rapport avant de le relire, son téléphone sonna. Elle fouilla dans les poches de son pantalon. L'appareil dans la main, elle appuya sur le bouton vert pour entamer la communication.

— Constable Larocque.

— Oui, ici Jean-Charles Laframboise, de la Société...

— Oui, oui, je vous replace...

— Est-ce que vous avez eu des nouvelles des Tardif ?

— Rien de concret jusqu'à maintenant.

— Vous devriez peut-être contacter leur père au pénitencier de Kingston, suggéra le travailleur social.

— Je pense qu'on n'aura pas le choix, admit la constable Larocque.

Après les formules de politesse, la policière mit fin à l'appel. Devrait-elle vraiment alerter le père ? Que pourrait-il bien faire, de sa cellule ?

*　*
*

Quand le soleil dit bonjour aux montagnes,
Et que la nuit rencontre le jour...

Mme Beaulieu chantonnait gaiement. À l'occasion, son mari se joignait à elle pour le refrain. Le couple trouvait qu'écouter de la musique réduisait la distance.

Sébastien avait succombé au sommeil. Il ne l'aurait peut-être pas admis, mais il avait un sérieux besoin de repos. Depuis minuit, il se déplaçait sans vraiment savoir où il allait et quels obstacles il aurait à surmonter. Enfin, il s'était senti à l'aise et en sécurité, tout comme au chalet de Brigitte, sur l'île. Il y avait déjà quinze heures de ça. Annie dormait profondément. Elle n'entendit pas les sirènes des voitures de la P.P.O. qui sillonnaient l'autoroute 401 à leur recherche. Assourdi par le sommeil, son frère n'eut pas non plus conscience du ronronnement pourtant prononcé de l'hélicoptère parti de Kingston pour Ottawa, en survolant l'autoroute.

M. Beaulieu se demandait bien ce qui se passait. Il avait souvent parcouru cette route vers Napanee, pour voir sa belle-famille. C'était la première fois qu'il y rencontrait un hélicoptère et autant de voitures de police! Huguette trouvait qu'il y avait beaucoup d'excitation sur un tronçon de route si calme d'habitude.

* *

*

Claude Tardif fut surpris qu'on le demande au téléphone. Un garde costaud déverrouilla la grille de sa cellule, puis l'escorta à une petite salle où il y avait un téléphone vissé à une table de bois. Deux chaises étaient disposées près de la table. Le détenu trouvait étrange de n'avoir pas été escorté jusqu'au local habituel, où de nombreux téléphones étaient accrochés au mur et où la confidentialité était réduite au minimum.

— Pourquoi ce local? demanda le prisonnier.

— Un appel de la police municipale d'Ottawa, répliqua le gardien, d'un ton sec.

L'homme n'appréciait pas beaucoup le corps policier, depuis son échec au processus de sélection. Déçu d'une entrevue qui avait mal fini, il était devenu gardien de prison. « Un emploi de consolation », se disait-il.

Claude s'installa devant le téléphone et approcha le combiné de son oreille droite.

– Oui ?

– Monsieur Claude Tardif, ici la constable Larocque.

– Oui… répondit-il, une dose d'hésitation dans la voix.

– Il s'agit de vos enfants…

À ces mots, le père de Sébastien et d'Annie se mit à envisager les pires scénarios. Tant d'événements pouvaient s'être produits, depuis le bulletin télévisé. La constable lui expliqua en détail la disparition de Sébastien. Elle se déclara persuadée qu'il était en fugue et non au fond d'un lac. Trop de gens avaient vu un garçon qui répondait à sa description ; en plus, il était peu probable qu'un pur étranger ait kidnappé Annie la même journée.

– Qu'est-ce qui les a fait quitter leurs foyers d'accueil ? s'enquit le père.

La policière divulgua ce que M. Laframboise lui avait confié. Claude était certain que son fils avait voulu protéger sa sœur. Malgré sa colère contre le travailleur social, qui n'avait pas effectué un placement sain, il comprit que se fâcher n'aiderait personne dans cette histoire.

– Qu'attendez-vous de moi ? demanda-t-il.

– Eh, bien… Nous croyons que vos enfants sont en route vers Kingston, pour vous voir. La constable fit une pause, pour que le père gobe bien.

Votre fils est passé à l'hôpital Montfort, continua-t-elle. Je crois qu'il a eu le temps d'aller voir sa mère. Elle s'arrêta une autre fois. Si j'ai bien compris le travailleur social, vous n'avez pas de famille qui pouvait héberger les jeunes...

— C'est exact, répondit Claude.

— S'ils se rendent à Kingston et communiquent avec vous, pouvez-vous m'appeler ? Je demanderai au directeur de vous accorder une permission spéciale. Personne ne vous empêchera de vous servir du téléphone.

— Que comptez-vous faire à mes enfants, si vous les trouvez ? demanda-t-il.

— Techniquement, à ce que je sache, ils n'ont pas commis de véritables crimes... Donc, ils retourneront entre les mains de l'Aide à l'enfance, jusqu'à ce que vous ou votre femme puissiez vous en occuper.

Cette remarque le blessa profondément. Quel type de père ne pouvait pas s'occuper de ses enfants ? Claude désirait que les siens demeurent en santé, heureux et en sécurité. La simple idée que quelqu'un avait possiblement maltraité sa fille le révoltait.

— Je veux leur bien. Il va devoir y avoir du changement. Ils devraient vivre ensemble.

— Je verrai ce que je pourrai faire, promit la constable Larocque, avant de raccrocher. Elle rappela ensuite le pénitencier et négocia un privilège d'accès au téléphone pour le détenu Tardif.

* *

*

– On y est! lança Georges Beaulieu à sa femme, comme ils approchaient du stationnement de l'Hôpital général de Kingston.

La dame âgée déboucla sa ceinture et se rendit au sofa, derrière. Sébastien et Annie dormaient toujours. Huguette secoua légèrement l'épaule de l'adolescent, puis celle de la fillette. Le frère et la sœur se réveillèrent tranquillement. Annie se frotta les yeux. Sébas tenta de s'orienter un peu.

– Nous sommes arrivés à Kingston, à l'hôpital, leur annonça Mme Beaulieu.

Le couple âgé accompagna les jeunes à l'urgence. Huguette expliqua de son mieux à la préposée ce qui s'était passé, notamment pourquoi Annie Tardif n'avait pas de carte d'assurance santé de l'Ontario en sa possession. La préposée leur remit une planchette avec un formulaire. Les quatre trouvèrent place dans la salle d'attente et Sébastien se mit à remplir le document. L'adolescent espérait que sa sœur se ferait soigner rapidement. Le fugueur se demandait bien quand les Beaulieu allaient les laisser, car il serait difficile de se rendre au pénitencier sans éveiller leurs soupçons. Le couple de retraités leur avait témoigné beaucoup de gentillesse. Pour cette raison, Sébastien ne voulait pas leur causer d'ennuis.

Enfin, une infirmière vint appeler Annie. Sébastien l'accompagna. Les Beaulieu se retirèrent dans la salle d'attente. Un jeune médecin examina le poignet de la fillette. Il ordonna qu'elle passe une radiographie, afin de voir s'il y avait une fracture. La petite était nerveuse. Son frère lui apprit qu'une radiographie était une sorte de photo magique, pour voir les os. Annie accepta qu'on prenne une telle photo. La fracture n'était pas trop sévère. Le médecin fit venir un technicien, qui appliqua un plâtre au poignet de la petite. En quittant la salle, ce dernier demanda au médecin de lui parler un instant dans le couloir. Intrigué, le docteur le suivit.

— Il faut appeler la police.

— Pourquoi ?

— Je reconnais ces jeunes. Ils étaient aux nouvelles. Ils ont disparu.

— T'es certain ?

— Oui, il n'y a pas l'ombre d'un doute.

Le médecin retourna dans la salle où Sébastien et Annie patientaient.

— Il va falloir attendre quelques instants avant de partir. Le plâtre doit être complètement sec. Ça ne sera pas trop long, leur expliqua le docteur. Venez dans mon bureau.

Sébas profita du fait qu'il y avait un ordinateur dans la pièce. En quelques clics sur le site des pages jaunes, il trouva le numéro de téléphone du pénitencier. Puis, se servant du téléphone qui trônait sur le bureau, il composa le numéro d'une main tremblante.

Un coup, deux coups, trois coups : Sébas était nerveux. À la quatrième sonnerie, un message automatisé débuta, en anglais :

— Vous avez joint l'établissement de Kingston et le centre de traitement régional de l'Ontario. Pour le service en français, veuillez appuyer sur le deux.

Il écouta le menu, puis il appuya sur le zéro. Une réceptionniste prit la communication.

— Pénitencier de Kingston.

– Bonjour, je voudrais parler au détenu Claude Tardif.

– De la part de qui ?

– Son fils.

CHAPITRE 19

Interrogatoires

Le gardien qui n'aimait pas les policiers, se rendit une fois de plus à la cellule de Claude. L'employé du pénitencier ne comprenait pas pourquoi ce prisonnier taciturne méritait autant d'attention ce jour-là.

— Tardif, téléphone ! cria-t-il, devant la cellule.

En un rien de temps, la grille fut poussée, puis le gardien menotta le détenu avant de le guider jusqu'à la salle habituelle des appels. Cette fois, il ne s'agissait pas de la police. « Sébastien ou Annie ? » songea le père. Il approcha le combiné de son oreille.

— Oui ?

Sébastien reconnut la voix de son père. L'adolescent devint muet, dans sa petite salle d'hôpital.

— Oui ? Allô ? répéta le prisonnier.

Comme il n'y avait toujours pas de réponse, Claude changea d'approche.

— Sébastien ?

— Oui, réussit à prononcer le jeune.

— Comment ça va ? Qu'est-ce qui se passe ?

– Ça pourrait aller mieux... Je suis à l'hôpital, avec Annie...

Claude Tardif était estomaqué.

– Où êtes-vous ? À quel hôpital ?

La réponse de son fils l'inquiéta gravement. Pour quitter Ottawa de la sorte, ses enfants devaient avoir eu une raison valable et Claude ne pouvait qu'imaginer le pire.

– Annie a été battue...

Cette parcelle de phrase fit chavirer le cœur du père. Comment avait-on osé lever la main sur sa fille ?

– Qu'allez-vous faire maintenant ? lui demanda Claude.

– On veut te voir, puis on décidera... répliqua Sébas.

Le détenu allait répondre, mais la connexion fut rompue. Père et fils tenaient toujours l'appareil, sans pouvoir s'en servir. Le gardien revint escorter Claude jusqu'à sa cellule. Sébastien raccrocha.

*   *

*

Pendant ce temps, deux policiers interrogeaient Georges et Huguette Beaulieu dans la salle d'attente. Les deux jeunes qu'ils avaient pris sous leur aile avaient eu des ennuis.

– Qu'est-ce qui va arriver à Annie et Sébastien ? demanda Huguette, d'un ton inquiet.

– Ils voulaient voir leur père... ajouta Georges.

Un des policiers leur admit qu'il ne connaissait pas le sort réservé aux deux jeunes fuyards. L'Aide à l'enfance s'en occuperait sans doute... Le couple de retraités ne trouva aucun réconfort dans cette éventualité. Le second policier leur demanda de se rendre au poste afin de remplir un rapport. Les Beaulieu acceptèrent et sortirent de la salle d'urgence pour regagner leur VR.

*   *
*

Sébastien allait s'asseoir dans le fauteuil du médecin quand il entendit cogner à la porte : un seul coup. Deux agents entrèrent et se présentèrent. L'aîné plaça un bras protecteur autour des épaules de sa petite sœur. Gentiment, une policière s'adressa aux enfants Tardif quelques minutes. L'agente demeura calme, de peur de les effaroucher. Il était primordial qu'elle réussisse à établir un lien de confiance avec eux. Elle leur dévoila que tout le corps policier de l'Ontario était à leur recherche, pas à leurs trousses. Sébastien brisa finalement son mutisme et posa la question qui avait le plus d'importance.

— Qu'est-ce qui va nous arriver ?

— Il va falloir retourner à Ottawa, parler avec votre travailleur social...

— Il n'est pas question de nous séparer à nouveau ! s'exclama Sébas, en serrant sa sœur contre lui.

— Non ! Non ! ajouta Annie, en mettant ses bras autour du cou de son grand frère.

— Il doit y avoir une autre solution, réagit la policière.

*   *
*

M. Laframboise reçut un appel en provenance de Kingston. Soulagé, il promit de s'y rendre le plus rapidement possible et de rencontrer les jeunes. Après avoir raccroché, il sortit de son bureau et se mit à marcher vers le stationnement où sa voiture l'attendait. Avant d'y prendre place, il appela sa femme et lui annonça qu'il rentrerait tard à la maison.

De son côté, la constable Larocque accueillit la nouvelle avec enthousiasme, par ses réseaux habituels. Rien de grave, les jeunes disparus allaient bien. La policière décida d'aller rendre visite à la dame qui hébergeait Annie Tardif, question de la faire parler un peu...

*　　*

*

Sébastien et Annie marchaient tels deux condamnés à mort, dans le long couloir de l'hôpital. À l'extérieur de l'édifice, la chaleur les frappa comme un violent coup de fouet. Le temps qu'ils avaient passé dans l'hôpital climatisé leur avait fait oublier la canicule. Escortés par deux policiers, les jeunes se sentirent observés par les employés et les visiteurs de l'hôpital. Le frère et la sœur se glissèrent sur la banquette moelleuse, à l'arrière de l'auto-patrouille. L'adolescent pensa au nombre de criminels qui s'étaient assis au même endroit.

— La différence, c'est qu'on n'est pas menotté, glissa-t-il à l'oreille de sa sœur.

Elle sourit, incertaine de ce que son frère lui disait. Était-ce une blague ?

À l'avant, les policiers confirmèrent par radio qu'ils avaient les Tardif en leur compagnie et qu'ils retournaient au poste. La sirène et les gyrophares ne furent pas employés, car il ne s'agissait pas d'une situation d'urgence.

* *
*

À 16 h 57, Jean-Charles Laframboise quitta l'auto-route 417, puis bifurqua sur la 416. Depuis un moment, il parlait avec un de ses collègues, grâce à l'option mains libres de son cellulaire.

— Il va falloir trouver une autre place...

— Et que ça reste discret, sinon on va avoir des ennuis avec nos autres jeunes.

— On n'voudrait pas que les fugues deviennent monnaie courante.

— Est-ce que le plus vieux pourrait être puni, dans le genre... euh...service communautaire ou quelque chose ?

Laframboise riposta qu'il y penserait. Assurément, Sébastien Tardif avait commis quelque chose d'illégal ce jour-là. Il veillerait à ce que le jeune tire une leçon de cette aventure. La constable Larocque aurait peut-être des idées.

* *
*

Huguette et Georges remplirent le formulaire. Ils firent leur déclaration, expliquant leur rôle dans la fugue de Sébastien et d'Annie Tardif. Un policier leur offrit du café ou de l'eau, puis on leur demanda de patienter un peu, seuls dans la petite salle d'entrevue. Dans le couloir, les deux policiers partagèrent brièvement leur impression du couple de retraités.

— Je crois que les deux petits sont tombés sur des bonnes personnes, des gens qui ont voulu les aider, déclara l'un.

— T'as raison, ils n'ont pas commis de crime ou maltraité les jeunes. Ils les ont menés à l'hôpital, reprit l'autre.

— En plus, ils sont restés à les attendre. La plupart des gens seraient partis dès que les jeunes auraient franchi le seuil de l'urgence.

D'un commun accord, les policiers jugèrent qu'ils avaient suffisamment de détails sur l'implication des Beaulieu dans l'affaire Tardif. Une fois de retour dans la salle d'entrevue, ils les remercièrent de leur collaboration et leur annoncèrent qu'ils étaient libres de poursuivre leur route vers Napanee. Avant de quitter la salle, Georges demanda :

— Est-ce qu'on va revoir les jeunes ?

— Probablement pas, pourquoi ? s'informa un des policiers.

— Bien, commença Huguette, s'ils ont besoin d'aide plus tard, ça nous ferait plaisir de les dépanner à nouveau.

Les paroles sincères du couple touchèrent les policiers. Ils promirent de communiquer leur numéro de téléphone ainsi que leur adresse aux jeunes. Les Beaulieu quittèrent la station de police. À l'entrée, ils croisèrent Sébastien et Annie, entre deux agents.

— Les enfants ! s'exclama Huguette.

— Madame Beaulieu ! fit Annie, en reconnaissant la gentille grand-mère qui leur avait préparé une collation et qui avait mis de la glace sur son poignet.

— Désolé de vous avoir causé des ennuis avec la police, s'excusa Sébastien.

— Inquiète-toi pas, mon grand. C'est pas deux ou trois questions qui vont nous faire mal, le rassura M. Beaulieu.

Heureux d'être réunis, ils parlèrent brièvement, sous le regard tolérant des deux policiers. Sébastien raconta rapidement les événements qui les avaient menés jusqu'au bord de l'autoroute 401, où Georges et Huguette Beaulieu les avaient trouvés. Incrédules, les adultes écoutaient attentivement le récit de ses aventures. Ces bons jeunes avaient eu une journée d'enfer. Finalement, les policiers durent inviter les fugueurs à entrer au poste. Annie, qui avait laissé son frère parler, s'exprima à son tour.

— Pouvez-vous signer mon plâtre ? demanda-t-elle. S'il vous plaît, ajouta la fillette, en se souvenant du mot magique.

La policière tendit un stylo à Mme Beaulieu, qui dessina une fleur et écrivit son nom ; son époux y griffonna ses initiales et dessina un bonhomme sourire.

— Portez-vous bien, souhaitèrent les Beaulieu aux jeunes.

Avant d'entrer dans l'édifice, Sébastien se tourna et cria :

— Merci beaucoup !

*　　*

*

Le travailleur social roulait bien au-delà de la limite de vitesse. Les jeunes Tardif lui avaient causé amplement d'ennuis pour la journée. Il voulait que tout soit réglé *subito presto*. L'homme monopolisa la voie de dépassement. Au volant de sa

berline, il doubla des voitures sport. M. LAframboise consulta sa montre, il avait parcouru plusieurs kilomètres en trois quarts d'heure. Fier de
ses prouesses au volant, il syntonisa la radio afin
de se divertir en roulant.

* *
*

La policière avisa les jeunes que leur travailleur
social était en route et qu'ils retourneraient à
Ottawa le soir même. Puis, ils furent laissés seuls.
Les policiers devaient préparer un communiqué
de presse informant les médias que les deux jeunes
disparus avaient été retrouvés.

— Quand est-ce qu'on va voir papa ? demanda
Annie à son frère.

— Bientôt, j'espère, dit Sébastien, en souhaitant n'avoir pas parcouru toute cette distance pour
rien.

* *
*

La policière qui les avait interrogés était de retour
dans la petite salle où les jeunes attendaient depuis
un certain temps. Elle leur demanda s'ils commen-
çaient à avoir faim. Les deux lui répondirent par
l'affirmative.

— Bon, eh bien, je vous invite à souper.

Tous trois quittèrent la salle et l'enceinte du
poste, en direction de la voiture de patrouille.

CHAPITRE 20

Des visiteurs

Ne connaissant pas la ville de Kingston, Sébastien observait les édifices et lisait les noms des rues. La policière passa devant de nombreux restaurants et longea des stationnements bondés, mais ne s'y arrêta pas. L'adolescent devint inquiet.

— On y est presque, annonça joyeusement la conductrice.

— Où ça ? demandèrent en chœur Sébastien et Annie.

— Au centre correctionnel, affirma l'agente.

Sébastien comprit que la policière les menait à leur père. Il en informa sa sœur, ravie d'apprendre qu'elle verrait enfin son papa. La voiture s'immobilisa devant une grille qui bloquait l'accès de la prison à ceux qui voulaient entrer ou sortir du site. Un garde se rendit au véhicule, la policière descendit sa vitre et conversa brièvement avec lui. Quelques instants plus tard, en un grincement strident, la grille s'ouvrit. La policière gara la voiture de patrouille dans l'aire désignée. La grille se referma. Puis, les trois passagers sortirent du véhicule.

Les deux jeunes suivirent la policière, qui semblait bien connaître les environs.

Elle présenta ses pièces d'identité de la P.P.O. et remit son arme ainsi que ses menottes au préposé. Les trois visiteurs durent passer à travers un détecteur de métal et on leur demanda de vider leurs poches. Ce fut rapide pour Sébastien et Annie, car ils n'avaient rien en leur possession. Un geôlier les escorta à une salle où il y avait une table et quatre chaises. L'homme leur demanda d'y attendre. Pendant que Sébas commençait à trouver qu'il avait visité plusieurs petits locaux depuis son arrivée à Kingston, Annie fit le tour de la pièce.

— Ça manque de décoration, déclara-t-elle.

Sébastien et la policière pouffèrent de rire. Annie ne comprenait pas ce qu'il y avait de drôle dans son observation.

— C'est vrai. Ya pas de couleur, pas de cadres et pas de fleurs.

— T'as raison, Annie. La décoratrice n'est pas passée par ici.

Le gardien s'était rendu à la cellule du prisonnier Claude Tardif. Pour la troisième fois, on ouvrit sa cellule. Ses voisins le regardaient de travers. Qu'est-ce que le petit fraudeur avait fait pour mériter autant d'attention aujourd'hui ? Le geôlier lui passa les menottes aux poignets et le guida le long du corridor, où des prisonniers témoins de cette parade l'injurièrent et le traitèrent de chouchou. Cette fois, Claude ne fut pas guidé vers les locaux où il avait passé quelques minutes, plus tôt dans la journée. On le mena à une petite salle dont il n'avait jamais franchi le seuil. Par la petite fenêtre grillagée, encastrée dans la porte, il aperçut ses enfants avec une femme en uniforme. La larme à l'œil, il demanda au gardien de lui enlever les menottes.

— Mes enfants m'ont vu me faire arrêter et menotter à la maison. Là, ils me voient en prison. Est-ce que...

Le détenu n'eut aucun besoin de compléter sa phrase; le geôlier sortit la clef et déverrouilla les menottes. Puis, il laissa Claude entrer. La policière en profita pour sortir. Elle s'installa sur une chaise, près de la porte verrouillée.

Annie sauta dans les bras de son père. Il l'embrassa sur le front et la serra très fort. Les émotions étaient fortes et sincères. Après deux minutes, il déposa sa fille et regarda son fils. Ce dernier s'était adossé contre un mur et dévisageait son père. Le paternel lui tendit les bras, mais l'adolescent ne bougea pas. Baissant les bras, retenant ses larmes, Claude avança d'un pas, puis d'un second. Sébastien fit de même. Ils continuèrent ce lent rapprochement, jusqu'à ce qu'ils soient près l'un de l'autre. Cette fois, Claude lui tendit la main. Sébastien prit une grande respiration et serra la main de son père.

— Papa, dit l'adolescent, incapable de retenir ses larmes.

Claude Tardif avança d'un autre pas et enlaça son gars.

— J'm'excuse tellement!

Annie s'approcha et noua les bras autour des deux hommes de sa vie. Enfin, ils étaient tous réunis.

* *
*

Un geôlier demanda qu'on prépare trois plateaux.
Il déposa les repas sur un chariot et poussa le tout
jusqu'à la salle où les Tardif étaient réunis. Il cogna
à la porte, la déverrouilla, poussa le chariot à l'intérieur, puis se retira sans dire un mot. Claude
plaça les cabarets sur la table. Il s'excusa que le
repas ne soit pas aussi bon que ce qu'ils auraient
eu à la maison. Ils mangèrent tous les trois quelques minutes, en silence.

— Qu'est-ce qu'on va faire, après? demanda
l'aîné, au bout d'un moment.

— Je suis vraiment content de vous voir, mais il
va falloir obéir aux décisions du travailleur social.

— Mais M. Laframboise nous avait placés sépa-
rément, se plaignit Sébas.

— Je le sais, peut-être qu'il y aura du changement.

— On pourrait rester chez les Beaulieu, suggéra Annie, spontanément.

— Les Beaulieu? interrogea Claude.

Sébastien décrivit le couple qui les avait ame-
nés à l'hôpital, pour qu'Annie se fasse soigner. Ils
discutèrent en famille, un peu de tout, le temps
du repas. Ensuite, Sébastien et Annie résumè-
rent les événements qui s'étaient produits depuis
que leur père avait été mis en état d'arrestation
à leur domicile. Claude était fier que ses enfants
sachent se débrouiller. Il était cependant triste de
leur avoir fait vivre des situations aussi difficiles.
M. Tardif se montra surpris de l'histoire de Sébas,
de sa fugue du camp jusqu'à son arrivée à Ottawa
grâce à la collaboration d'un livreur de journaux.

— Brigitte, le livreur du quotidien *Le Droit*,
Becky, Jack, les Beaulieu... Ouin, vous avez rencontré pas mal de monde, conclut Claude.

— Sans compter les policiers à nos trousses, les hommes à la plantation de pot, le gérant du restaurant...

— C'est beau, je comprends... vraiment pas mal de monde, termina le père en riant.

Sébastien avoua qu'il avait visité sa mère le matin.

— Ah oui, et comment va-t-elle ? demanda Claude.

* *
*

Quand on vint faire la tournée du soir, on s'aperçut que la patiente de la chambre 424 ne s'agitait plus. Les hochements de tête, les grimaces de douleur et les paroles indéchiffrables étaient terminés. Lucie semblait dormir paisiblement, un large sourire aux lèvres, son pouls était de retour à la normale. Était-ce la fin des épisodes de douleur ? Les bénévoles qui veillaient sur la patiente se le demandaient bien.

* *
*

Mille après mille je suis triste.
Jour après jour je m'ennuie...

La célèbre chanson de Willie Lamothe jouait doucement, dans le VR des Beaulieu. Ils avaient repris la 401 depuis un certain temps, roulant à 105 km/h en direction de Napanee. Bientôt, ils arriveraient chez le frère d'Huguette. Ils reculeraient leur véhicule dans la cour arrière et s'installeraient. Puis, ils iraient saluer la parenté. Mme Beaulieu avait

préparé des sandwichs, qu'ils mangeaient tout en
roulant. Les yeux sur la route, Georges sirotait
une limonade. Il trouvait que sa femme était plus
tranquille qu'à l'accoutumée.

— Qu'est-ce qui ne va pas, ma belle ? lui
demanda-t-il.

— Je pense aux petits, tout seuls.

L'époux comprenait sa femme. Elle avait toujours eu une âme charitable.

— Quand on reviendra à Ottawa, on se ren-
seignera. On leur fera une petite visite ou quelque
chose, lui promit l'homme.

— C'est une bonne idée, Georges.

Huguette tourna le bouton du volume et se mit
à chanter avec le chanteur western.

*   *

*

Claude et les enfants terminaient leur repas. Pour
la première fois depuis son incarcération, le père
de famille avait trouvé à son goût un menu de la
cuisine du pénitencier. La nourriture comme telle
n'était pas meilleure, mais la compagnie de ses
enfants, plutôt que celle d'une multitude de criminels, rendait le souper imbattable... ou presque.
M. Tardif aurait préféré porter des vêtements ordi-
naires au lieu d'une combinaison de prisonnier ; de
plus, il se serait passé des marques de menottes à
ses poignets et il aurait mieux aimé s'attabler chez
lui, plutôt que dans une petite salle de conférence
du pénitencier, à Kingston.

Annie bavardait de nouveau. Elle avait tant
d'histoires à raconter à son père. La gamine
décrivait tout dans les moindres détails ; même la

garniture du sous-marin que Sébastien lui avait acheté à Prescott. Claude écoutait toutes les descriptions de sa fille, sans l'interrompre.

— Pis, après, on a marché, pis y faisait chaud. Sébas avait la cruche d'eau. On en a bu. Pis, là on marche encore...

Un sourire discret se forma sur les lèvres de Sébastien ainsi que sur celles de son père. Le prisonnier avait les yeux brillants. Il pensait que, pour une petite de 6 ans, elle avait vécu toute une aventure. Pourtant, elle ne semblait pas traumatisée. Un bras dans le plâtre, sans plus. Plusieurs enfants se blessent en grimpant aux arbres et en jouant sur les structures de jeu, dans les parcs municipaux.

Claude eut une idée ; il se leva et cogna dans la porte. Le gardien ouvrit et s'enquit de ce qui n'allait pas.

— Tout va bien, j'voulais simplement emprunter un stylo, expliqua Claude.

Le geôlier l'interrogea du regard. Afin de justifier sa requête, le détenu ajouta qu'il désirait écrire un message sur le plâtre de sa fille. L'employé fouilla dans ses poches et en sortit un stylo bille dont le bouchon avait été mordillé.

Claude s'approcha de sa fille. Il s'agenouilla à ses côtés, puis, d'une main délicate il lui retint le bras, tandis que de l'autre main il écrivait quelques lignes. Annie tentait de lire ce que son père écrivait sur son plâtre plutôt rugueux. Sébastien observait la scène sans faire de commentaires. Certes, ce moment de sérénité serait éphémère, mais l'adolescent espérait que la venue du travailleur social amènerait son lot de soulagement. Après tout, cette simple rencontre, dans un local minuscule du pénitencier, était un gage de succès.

Oui, la persévérance, l'espoir, l'ambition et un brin de folie, certes, menaient vers un résultat heureux.

*   *
*

— Lisa, peux-tu entamer une recherche de famille d'accueil qui prendrait deux enfants, à Ottawa ? demanda M. Laframboise à sa collègue, sur son téléphone mains libres.

— Oui, j'vais regarder, mais ça prendra sans doute quelques jours avant que tout soit réglé.

— J'le sais, mais faut commencer quelque part, dit le travailleur social. Euh… Est-ce qu'on a un contact ou deux à Kingston ?

— J'comprends, pour qu'ils soient près de leur père… j'vais voir. J'te rappelle dès que j'ai des nouvelles, lui promit Lisa avant de couper la communication.

M. Laframboise croyait que s'il séparait les jeunes une seconde fois, ils disparaîtraient pour de bon.

— Ça sera pas facile, là, après la fugue qu'ils ont faite et avec tout ce qui a paru aux nouvelles… Personne, vraiment personne, va les vouloir ! Maudit ! s'exclama-t-il.

*   *
*

La constable Larocque souhaitait que les jeunes Tardif reviennent à Ottawa rapidement. Malgré ses nombreuses années d'expérience au sein du corps policier, elle ressentait toujours de l'inquiétude quand elle devait retrouver des enfants. « Tant d'ennuis peuvent leur arriver », pensa-t-elle.

*   *

*

M. Laframboise reçut un appel de Lisa. Après avoir feuilleté de nombreux dossiers, elle avait mis la main sur quelques couples susceptibles d'accepter la prise en charge de Sébastien et d'Annie Tardif.

— Il y a les Lalonde, qui acceptaient de garder plus d'un enfant à la fois... mais leur dossier date de cinq ans. Ensuite, il y a la famille Ferron, établie à Carp, sur une ferme. Il y aurait aussi les Dion, mais ils préféreraient avoir des filles. J'ai aussi deux autres familles, une dans Rothwell Heights et une autre dans le coin de Riverside...

— Demain matin, nous donnerons un coup de fil à tous ces gens, pour voir s'ils sont toujours intéressés à accueillir des jeunes. On partira de là. Merci Lisa.

— C'est beau, à demain matin. Bonne route !

Jean-Charles Laframboise venait de doubler une Dodge Charger blanche, qui roulait à 115 km/h. Le travailleur social s'assura qu'il avait amplement d'espace pour retourner dans la voie de droite. En entendant une sirène derrière lui, il jeta un coup d'œil furtif au rétroviseur.

— Merde ! s'exclama-t-il. La contravention va être salée !

*   *

*

Claude était content que le gardien ne soit pas encore venu le chercher. À cette heure, tous les détenus avaient mangé. Ils étaient déjà de retour dans leurs cellules depuis cinq minutes. Ou bien on l'avait oublié, ignoré ; ou bien on lui avait accordé une faveur inestimable.

— Sébastien, as-tu amélioré ta technique au football ? demanda le père.

— Non, j'ai pas eu de temps pour ça. Plus tard, peut-être, répondit Sébas avec une trace d'amertume.

Claude sentit chez son fils une certaine hostilité. Oui, c'était partiellement de sa faute si son aîné ne pouvait pas continuer à jouer, mais il lui semblait que le rêve de son fils, sa passion, devrait l'aider à surmonter les contretemps.

— Même si t'es pas dans une équipe maintenant, ça veut rien dire pour plus tard. Je me suis joint aux *Gee-Gees* lors de ma deuxième année à l'université.

Surpris, Sébas lança :

— Vraiment ?

— Oui, la première année, j'ai eu la mononucléose pendant la période d'essai.

— C'est quoi, la mononucléchose ? demanda Annie.

— La mononucléose, c'est une maladie ; j'te l'expliquerai plus tard, promit le père avec un léger sourire.

* *

*

L'agent de circulation n'avait pas montré beaucoup de compassion pour M. Laframboise. Malgré ses explications, il lui avait rédigé une contravention élevée pour deux infractions au code de la route et lui avait donné trois points de démérite. Avant de le laisser partir, il conseilla au travailleur social de

24 heures de liberté

se servir du régulateur de vitesse, s'il sentait que son pied allait devenir trop pesant. Le fautif reprit la route plus lentement.

La famille Tardif se tourna quand le geôlier fit entrer M. Laframboise. Le gardien ne referma pas, indiquant clairement par là qu'ils allaient tous quitter la salle sous peu. Le travailleur social salua les enfants, puis il serra la main de Claude. Il sentit la solide poigne du détenu et comprit son message : occupez-vous de mes enfants comme il faut, sinon...

— Bon... Sébastien et Annie, nous devons retourner à Ottawa, dites au revoir à votre père... puis allez m'attendre dans le couloir, je dois lui parler.

Claude enlaça Annie, il lui dit de ne pas pleurer, qu'il la reverrait bientôt. Puis, il enlaça Sébastien et lui murmura à l'oreille :

— T'as bien agi, lâche pas.

CHAPITRE 21

Un brin de remords

— Vous m'avez fait toute une frousse, vous savez ?

La remarque du travailleur social énervait Sébastien. Pourquoi ne pouvait-on le comprendre, avait-il eu le choix ?

— Je me souviens d'un cours d'histoire, où l'enseignante nous avait parlé de Machiavel et de certaines règles de conduite... Lorsqu'on agit, il faut toujours penser à l'objectif ; peu importe la façon de l'atteindre. Je dois dire que sauver ma sœur et revoir mes parents a valu le coup.

— Ah oui ! « La fin justifie les moyens », résuma M. Laframboise.

— Exactement.

Après cette réponse, la berline fut plongée dans un silence absolu, épais et inconfortable. Mal à l'aise, le chauffeur alluma la radio. Un bref aperçu des informations de l'heure annonça à l'ensemble de la province que les deux fugueurs avaient été retrouvés sains et saufs. L'animateur enchaîna avec le bulletin routier : un carambolage paralysait la 401 à Pickering, en direction de Toronto.

Laframboise fut soulagé que l'accident ne soit pas sur sa route. Il désirait arriver à Ottawa rapidement, mais sans contravention, naturellement.

La fillette regardait le ciel se couvrir. Avec beaucoup de créativité, la gamine tentait de décider quelle forme les nuages prenaient. Une vache, une sorcière... tout était possible dans l'imaginaire d'Annie Tardif. Pendant ce temps, Sébastien somnolait. Sa journée avait été archi-longue. Il profitait de ce répit pour faire le plein d'énergie. Avant de s'assoupir, il avait vu que sa sœur se tenait occupée. De plus, il n'avait guère envie de parler avec son travailleur social. Sébas le blâmait, du moins partiellement, pour ce qui leur était arrivé.

Sébastien rêva d'être placé avec sa sœur, chez une famille gentille et attentionnée, jusqu'à ce qu'ils puissent retourner vivre avec leurs parents. Que cette famille soit riche ou pauvre, qu'elle vive près ou loin de la ville, qu'il ait à partager une chambre ou pas, il s'en foutait; tout ce qu'il désirait, c'était vivre avec Annie sans que personne ne lève la main sur elle.

Sébas rêva ensuite à une joute de football où il avait réussi à marquer de nombreux points. Les meneuses de claque encourageaient l'équipe avec beaucoup d'énergie. Il regardait une des filles du coin de l'œil... la plus jolie. Elle feignait d'encourager les *Gee-Gees*, mais elle était là uniquement pour lui. Lors des cris de ralliement, elle épelait son nom au lieu de la séquence habituelle.

– Donnez-moi un S !

– Voilà ton S, voilà ton S !

– Donnez-moi un É !

– Voilà ton É, voilà ton É !

Et ainsi de suite...

– Qu'est-ce que ça donne ?

– Sébas ! Sébas ! Sébas !

L'adolescent entendait clairement son surnom. On répétait son nom ! Il était vainqueur !

En ouvrant les yeux, il vit sa sœur qui le regardait.

– Sébas, tu dors ? Tu rêves à quoi ?

Le grand frère rougit, embarrassé. Il balbutia qu'il ne rêvait pas, craignant avoir parlé tout haut. Ensuite, il demanda pourquoi sa sœur le réveillait.

– Monsieur Laframboise veut savoir si on a besoin d'une petite pause.

Sébastien fit signe que oui et le chauffeur quitta l'autoroute. Au bout de deux minutes, ils étaient rendus devant un petit restaurant. Une fois assis au comptoir, le travailleur social commanda deux verres de lait, un café et trois morceaux de gâteau aux carottes. Les jeunes remercièrent l'homme et ils mangèrent en silence.

L'adolescent sentait que plusieurs paires d'yeux les scrutaient. Ces gens avaient sans doute regardé les nouvelles et ils l'avaient reconnu. Il hésitait : devait-il les ignorer ou leur demander s'ils voulaient son autographe ? Sébas se ressaisit. Il n'était pas mesquin de nature. Le stress de cette journée lui montait un peu à la tête. Mieux valait ignorer les irritants et se concentrer sur sa part de gâteau.

Peu après, ils étaient de retour dans la berline du travailleur social. Une fois de plus, ils revenaient sur la 401. Au bout de quelques minutes, M. Laframboise rompit le silence.

– Bon, une fois de retour à Ottawa, nous irons à l'hôtel. Vous y passerez la nuit. Demain, je vais travailler très fort afin de vous trouver un bon placement... ensemble. Les deux jeunes sourirent. Ça ne sera pas évident, mais une de mes collègues a déjà entamé des recherches. Il faudra être patient... et surtout flexible, mais je pense qu'il y aura une solution.

— Super ! fit Sébastien.

— Oui, mais c'est certain qu'avec la journée d'aujourd'hui, des personnes pourraient être réticentes à vous prendre... Sans oublier que tu vas devoir rencontrer la constable Larocque, qui s'occupait de ton dossier à Ottawa. Je ne sais pas ce qui va arriver, mais tu pourrais être dans le pétrin.

— Je n'ai pas commis de crime... pas tout à fait... se défendit Sébas.

— En tout cas, ça, c'est hors de mon contrôle. On verra. OK ?

L'adolescent acquiesça. Il espérait que la punition ne serait pas trop sévère. Annie voulut savoir ce qu'il avait fait de mal. Sébastien lui fit comprendre qu'il avait quitté le camp sans autorisation et qu'il n'avait pas demandé la permission d'entrer chez la dame qui la gardait captive. Annie se montra satisfaite de ces réponses. Il ne jugea pas nécessaire de lui en dire plus.

*　　*
*

Étendu sur son lit étroit, Claude revoyait les yeux pétillants de sa fille et ressentait la solide poignée de main de son gars... Ses enfants avaient tellement grandi et vieilli, tous les deux, depuis son arrestation. Bref, ils avaient perdu un peu de leur enfance et de leur naïveté à cause de lui. Oui, ils surmonteraient cette rude épreuve, mais il ne pourrait jamais leur rendre cette jeunesse qu'ils avaient dû abandonner. Avec un pincement au cœur, il évoqua le rêve de footballeur de son fils. Il pensa aux études universitaires qu'il avait eu l'intention de lui payer, mais qui étaient devenues une utopie.

— J'vais trouver une solution ; j'vais trouver une solution, se répéta-t-il jusqu'à ce que son cochambreur lui demande de la fermer, s'il ne voulait pas avoir d'ennuis.

* *

*

— Salut chérie, comment vont les enfants ?... Bien. Je devrais être à la maison avant minuit, je te le promets. Oui, je dois les conduire à l'hôtel... Oui, c'est ça, au Chimo, puis après ça, j'm'en viens... OK, byc, je t'aime, dit M. Laframboise en terminant son appel.

Il avait hâte d'arriver à la maison pour voir sa famille, il passerait embrasser ses enfants qui seraient couchés. En entendant cela, Sébastien se rendit compte qu'il avait peut-être mal jugé son travailleur social. Cet homme devait avoir des centaines de dossiers. Il devait faire confiance aux familles d'accueil. En plus de travailler, il devait s'occuper de sa propre famille. Certes, il aurait pu pousser davantage pour leur trouver un logement ensemble, mais son pouvoir n'était pas infini. Le monde ne tournait pas uniquement autour d'Annie et de Sébastien Tardif.

— Je m'excuse si j'vous ai causé des ennuis. Ce n'était pas mon but.

— Je le sais. T'as fait ce que t'avais à faire. Sens-toi pas mal pour ça. La famille passe avant tout.

— Mais là, on vous empêche d'être avec votre famille...

— J'aurais pu attendre à demain pour venir vous chercher à Kingston, mais je n'ai pas voulu. Il fallait que je sache que vous étiez véritablement en sécurité. Ma famille comprendra, sinon, je coucherai sur le divan !

* *

*

— Wow, c'était tout un séjour au chalet ! conclut Ben, exprimant ainsi l'avis de tout le monde.

— Oui, merci encore Brigitte. J'espère que tes parents vont aimer la bouteille de vin qu'on leur a laissée. Je m'y connais pas, mais le commis de la LCBO a dit qu'il était bon, ajouta Nikki.

— Inquiète-toi pas, j'suis certaine qu'ils vont l'aimer. C'était pas nécessaire, d'ailleurs. Mes parents nous passaient le chalet avec plaisir. D'une manière ou d'une autre, ils devaient aller à Toronto et donc, ils ne seraient pas venus.

Les amis étaient assis relativement à l'aise, même si les bagages les encombraient un peu. La vieille Honda Civic à hayon de Fred n'était pas des plus logeables, surtout avec autant d'occupants à bord. Le véhicule avait sans doute été conçu pour accueillir un chauffeur ainsi qu'un ou deux passagers ; pas quatre, avec leurs sacs et leurs glacières !

L'air climatisé fonctionnait à fond pour rafraîchir l'habitacle. Le moteur peinait dans les côtes, lorsque Fred lui demandait le maximum. Quand le moteur se plaignait, quelqu'un blaguait et se portait volontaire pour aller pousser. L'orgueil de Fred était constamment touché par ces mesquineries. Il avait investi toutes ses économies dans son véhicule. À chaque commentaire désobligeant, il suggérait que les chialeurs marchent jusqu'à Ottawa. Après de telles menaces, le groupe se calmait jusqu'à la prochaine montée, où les lamentations reprenaient de plus belle.

Brigitte avait bien hâte d'arriver à la maison. Elle aimait bien ses amis, mais l'intimité des dernières vingt-quatre heures lui avait permis de découvrir les manies de ses camarades, qui lui tombaient sur les nerfs. L'étudiante remercia mentalement ses parents d'habiter près de l'université : elle n'était pas obligée de vivre en résidence avec une de ses amies, ou pire, avec un des gars du groupe.

La jeune femme se demandait toujours ce qui était arrivé à l'adolescent qu'elle avait rencontré pendant la nuit. À maintes reprises, elle avait été tentée d'en parler à ses amis. D'un côté, elle voulait être rassurée, savoir qu'elle avait bien agi ; de l'autre, elle ne voulait pas entendre leurs railleries : pas d'histoires d'hallucinations, de rêves ou de tueur fou fraîchement échappé de l'asile. Brigitte savait bien, au fond, qu'elle devait garder son histoire pour elle-même. Elle vérifierait le bulletin de nouvelles en arrivant à la maison.

*　　*
*

Le ciel devenait de plus en plus sombre. Les couleurs qui avaient orné le ciel cédaient lentement leur place à des teintes de bleu foncé et de noir.

Annie n'était plus autant impressionnée par le tableau que le ciel lui offrait. Pour se tenir occupée, elle se mit à regarder son plâtre. Elle lut les messages que les Beaulieu lui avaient laissés, puis elle tenta de déchiffrer ce que son père lui avait écrit. Elle devait tourner son bras à un drôle d'angle pour réussir à lire, ce qui la gênait et lui faisait un peu mal. Sébastien s'aperçut que sa sœur avait besoin d'aide et lui offrit de lire le message.

— C'est écrit : *Ma belle Annie, où que tu sois, je penserai à toi. Je t'aime gros comme le ciel. Papa xox.*

Annie laissa des larmes couler le long de ses joues rougies par le soleil de la journée. Sébas passa un bras autour des épaules de sa cadette et tenta de la consoler. Du revers de la main, la petite s'essuya les yeux et tenta d'afficher un sourire pour son père. La tête contre l'épaule de son grand frère, elle s'endormit profondément. Lui-même était fatigué, mais il n'avait nulle envie de dormir. Il regardait les voitures filer sur l'autoroute, en pensant à sa folle journée.

Tous ses plans et ses manigances avaient été futiles ; il avait surmonté tous les obstacles en vain. Le retour à Ottawa confirmait son échec et Sébas s'en rongeait la conscience. Il avait réussi à sauver sa sœur et à voir son père, mais son périple n'avait pas la fin escomptée. La voix du travailleur social vint perturber le moment d'introspection du jeune.

— T'es bien silencieux, mon ami !

— Je réfléchissais et j'veux pas réveiller Annie, murmura Sébastien.

— Je sais que tu dois être déçu mais… mais ça ira. Tout va aller mieux, cette fois-ci. J'suis certain que tu ne me croiras pas, mais je vais vraiment vous trouver une place qui a de l'allure, je t'le promets.

* *
*

La patiente de la chambre 424 avait recommencé à s'agiter. Une infirmière qui passait dans le couloir, les bras chargés de fleurs qui devaient être déplacées dans le corridor pour la nuit, entendit du bruit. Délicatement, elle pénétra dans la pièce, alluma les lumières et s'approcha de la patiente.

– Lucie… Lucie, répéta-t-elle doucement.

La femme alitée tremblait. Chacun de ses mouvements ébranlait le lit. Inquiète, la garde-malade déposa les bouquets et partit à la recherche d'un médecin. Dans toute sa carrière, elle n'avait jamais vu de comateuse aussi tourmentée.

Peu après, le médecin vint observer Lucie Tardif. Il était certain qu'elle sortirait du coma, éventuellement, mais il expliqua à l'infirmière qui l'avait fait venir qu'il ne pouvait rien faire. Seul le temps pouvait maintenant sauver la patiente, qui se contorsionnait toujours dans son lit.

CHAPITRE 22

Fin de parcours

Les jeunes Tardif se réveillèrent aux approches de la capitale. Annie admira les lumières des commerces le long de l'autoroute 417. Pour la gamine, la folle aventure de la journée se terminait enfin. Elle espérait que M. Laframboise ne demeurerait pas fâché contre eux pour la fugue. Pendant que les enfants dormaient, la constable Larocque avait parlé au téléphone avec le travailleur social. Lui promettant qu'un policier ferait la sentinelle devant la chambre des fugueurs, elle demanda un petit service à M. Laframboise.

Enfin, Sébastien eut la sortie Saint-Laurent dans sa mire. Le chauffeur changea de voie tout en appuyant doucement sur les freins. Quelques véhicules étaient arrêtés au feu de circulation, au bout de la bretelle. Après deux minutes, il suivit le flot de véhicules qui tournaient en direction nord. L'adolescent voyait l'édifice qui arborait les mots Chimo Hotel. Sébas fut surpris quand M. Laframboise passa devant l'intersection où il devait tourner.

— Hé, faut tourner à droite, l'hôtel est là, dit-il.

– J'le sais, mais on a un arrêt à faire, avant.

– Lequel ?

– Penses-y…

Par une heureuse coïncidence, les feux de circulation étaient tous verts le long du boulevard Saint-Laurent. En peu de temps, ils furent à l'intersection du chemin de Montréal. Le chauffeur indiqua son intention de tourner à droite. Les jeunes étaient demeurés muets. Pour eux, c'était clair maintenant : avant d'aller à l'hôtel, on leur permettait d'effectuer une autre visite spéciale.

Une fois à l'hôpital, M. Laframboise gara la voiture. Puis, tous trois marchèrent vers l'entrée. La constable Larocque les rejoignit à l'intérieur. Grâce à cette dernière, ils purent monter au quatrième même si les heures des visites étaient terminées pour la journée. Devant la chambre, les adultes firent signe aux jeunes qu'ils attendraient dans le couloir.

Sébastien poussa la porte, la tint ouverte pour qu'Annie puisse passer, puis la referma. La gamine s'approcha du lit de sa mère. Dans la pièce peu éclairée, Annie ne se sentait pas à l'aise de regarder sa maman, immobile depuis des mois. Sébastien tâta le mur près de la porte, jusqu'à toucher l'interrupteur ; la chambre baigna aussitôt dans la lumière des fluorescents. Le grand frère rejoignit sa sœur au chevet de leur mère. Ils la regardèrent pleins d'espoir, mais elle ne broncha pas. Annie murmura quelques paroles que Sébas n'entendait qu'à moitié. Avant qu'elle se mette à sangloter, il posa la main sur son épaule et l'invita à sortir.

– Viens, on va aller à l'hôtel pour se reposer.

Annie se déplaça vers la porte. Dans le passage, la policière et le travailleur social discutaient avec une infirmière de nuit.

— Selon mes collègues, elle a bougé à plusieurs reprises pendant la journée. On aurait dit qu'elle voulait sortir de son coma. Les docteurs disent que c'est bon signe...

* *
*

Quand un garde se présenta à sa cellule, Claude pensa au pire.

— Hé, Tardif, t'as un message de la constable Larocque. Tes petits sont arrivés à Ottawa. Sont corrects.

Claude sourit de joie. Il remercia le geôlier. Tout allait rentrer dans l'ordre, il en était certain.

* *
*

M. Laframboise quittait le Chimo Hotel. Il avait réservé la chambre 739 pour les jeunes Tardif. Avant de partir, il leur avait promis de venir les voir le lendemain matin et de leur trouver une bonne famille, chez qui il les placerait de façon temporaire, bien sûr. La constable Larocque avait été relayée par un jeune policier, qui jura de rester à son poste toute la nuit. Les jeunes n'auraient pas la chance de se sauver.

Sébastien et Annie s'installèrent confortablement. La fillette avait sauté sur les deux lits afin de voir lequel était le plus moelleux. Puis, heureuse de son choix, elle s'était glissée sous les couvertures. Malgré sa fatigue, Sébastien ne se coucha pas immédiatement. Au lieu de s'allonger, il se tint à la fenêtre et contempla la circulation vers le centre-ville. L'adolescent déduisit que chauffeurs et passagers se dirigeaient probablement vers les boîtes de nuit ou le casino du Lac-Leamy. Contrairement au Marché By, la partie de la ville où se trouvait l'hôtel baignait dans la quiétude. Les gens ne semblaient pas y souffrir. Les préoccupations n'existaient pas non plus. Bref, il aurait aimé appartenir à ce monde, comme jadis.

* *
*

Lucie Tardif paraissait heureuse. Bien que toujours immobile, même si personne ne se trouvait à son chevet pour en témoigner, elle affichait clairement un sourire. Le personnel vaquait à ses multiples occupations, loin de la chambre 424. Pendant que l'hôpital accueillait des victimes d'accidents de la route ou des nouveau-nés, on n'allait pas déranger la passivité des comateux. Aussi bien les laisser dormir.

* *
*

Sébastien s'était couché, mais il n'arrivait toujours pas à s'endormir. Il se tourna et s'étira dans son lit, mais en vain. Finalement, il décida de se lever ; sur la pointe des pieds pour ne pas éveiller sa sœur, il se rendit à la salle de bain.

Il referma la porte, puis il alluma les lumières. Sébas cligna des yeux à quelques reprises, s'habituant lentement à la clarté. L'adolescent se regarda dans le miroir. Le jeune qui l'épiait de l'autre côté de la glace avait la figure rougie par le soleil et les cheveux sales. Le *t-shirt* qu'il avait gardé pour la nuit était taché par la sueur et par la poussière de la route. Sébastien scruta ensuite ses pieds, parsemés d'ampoules et d'ecchymoses. À quelques endroits, du sang avait séché. Sébas s'apitoya sur le piètre état de sa personne. Il réalisa, avec une certaine amertume, que ni Annie, ni son père, ni les Beaulieu ou M. Laframboise, n'avaient mentionné son apparence.

L'adolescent enleva son chandail, fit couler de l'eau chaude dans le lavabo, puis à l'aide d'une barre de savon, se mit à le nettoyer. Il le tordit, le frotta à nouveau, le rinça et l'essora encore. Ensuite, il le pendit au crochet derrière la porte de la salle de bain. Ainsi, s'il avait à rencontrer sa nouvelle famille d'accueil, il serait relativement présentable.

Sébas entra ensuite dans la douche où il fit aussi couler de l'eau chaude. Il se dévêtit et y entra. Il ajusta la température de l'eau afin de ne pas s'ébouillanter. La cascade d'eau chaude revigorait ses muscles endoloris. Comparativement à l'eau du lac, où il trempait la nuit d'avant, la douche le réchauffait et ne l'obligeait pas à nager, nager encore... Non, plus d'efforts à faire : il avait réussi. La tournure des événements n'était pas telle qu'il l'avait souhaitée, mais au moins, les gestes qu'il avait posés mèneraient à une fin heureuse. L'eau délogea le sang séché sur ses pieds.

Il se rendit à son lit à nouveau et se glissa entre les draps.

*   *
*

M. Laframboise passa une demi-heure à raconter les hauts et les bas de sa journée à sa femme. Celle-ci lui avait préparé une tasse de tisane à la camomille, puis ils avaient pris place au salon. L'époux remettait ses choix et ses actes en question. Sa dulcinée l'encourageait. Certes, il avait commis quelques gaffes, mais il aurait la chance de les réparer. Dans le travail social, la persévérance était requise.

* *
*

Pendant ce temps, au pénitencier de Kingston, Claude dormait profondément. Malgré l'inconfort du matelas, le mauvais support cervical de l'oreiller et la rudesse des draps, il se sentait heureux. Ses enfants se portaient bien. Il les avait vus en chair et en os.

Claude rêvait qu'il sortait de prison. Puis, qu'il était réuni avec sa famille, toute sa famille. Il dénichait un emploi et pouvait recommencer à vivre une vie normale. Certes, trouver un emploi après une incarcération n'était pas évident, mais dans son rêve, il y parvenait. Des études, oui des études pouvaient l'aider. Il aurait à se renseigner sur les cours disponibles en milieu carcéral.

* *
*

La constable Larocque venait d'éteindre son tapis roulant. La policière aimait bien courir avant d'aller se coucher. Ainsi, elle brûlait l'énergie qui lui restait. Ces sessions d'exercice lui permettaient de faire le vide et de s'épuiser à fond, lui garantissant ainsi une bonne nuit de sommeil. Après une brève douche tiède, elle enfila un pyjama de soie et gagna son lit. La policière s'endormit heureuse d'avoir retrouvé les deux Tardif. Elle laisserait au travailleur social le temps de leur trouver un foyer, puis elle irait rencontrer les jeunes pour voir comment ils s'adaptaient.

* *
*

Brigitte venait d'éteindre sa tablette. Elle avait passé quelques heures à réviser des notes pour un cours qu'elle suivait à l'université. Bien que ce fût officiellement le temps des vacances, l'étudiante ne lésinait pas sur le travail. Voilà la raison pour laquelle son ancien petit copain l'avait larguée. La jolie blonde était trop sérieuse !

Une fois couchée, elle se mit à penser au sort de Sébas. Tant d'événements avaient dû lui arriver depuis qu'elle l'avait surpris à l'épier à l'orée du bois. Brigitte aurait aimé aider davantage cet adolescent. Persuadée de la bonté du naufragé, la jeune femme souhaitait que Sébastien ait réussi sa quête. Il était évident qu'un adolescent ne risquait pas sa vie ainsi pour des banalités. Elle s'endormit en se demandant bien si elle le reverrait un jour.

CHAPITRE 23

Le bon choix

— Réveille! Réveille-toi, Sébas! insistait Annie, en secouant son frère qui dormait profondément.

La fillette désirait que Sébastien se lève malgré l'heure matinale, car elle ne voulait pas manquer le départ pour la journée aux glissades d'eau du parc Calypso, à l'est d'Ottawa.

— Envoye, réveille-toi!

L'adolescent feignit de dormir un instant de plus et se redressa brusquement, faisant sursauter la petite chipie.

— Il est bien trop tôt! On partira pas avant dix heures.

— J'le sais, mais j'veux qu'on soit prêt. Pis, on pourrait préparer le déjeuner pour tout le monde.

Sébastien acquiesça et demanda à sa cadette de lui laisser quelques minutes, le temps de faire sa toilette du matin et de s'habiller. Il lui promit de l'aider à préparer des galettes chaudes, dans une quinzaine de minutes. La gamine sortit de la chambre de son frère. Elle se faufila jusqu'à la sienne (celle d'à côté) où elle tira le drap et la couverture sur son lit; ensuite, elle fouilla dans la commode pour trouver des vêtements pour la journée. Partir en pyjama n'irait pas du tout! Annie avait tellement hâte, qu'elle en oubliait presque son rituel matinal.

Tel que promis, Sébastien apparut dans la cuisine.

— Bon, sors le lait et le beurre du réfrigérateur, ordonna-t-il.

Pendant qu'Annie fourrageait dans l'imposant appareil électroménager, Sébas fouilla dans le garde-manger jusqu'à ce qu'il trouve de la farine et de la poudre à pâte. L'adolescent ne savait pas encore où étaient tous les ingrédients et les ustensiles, dans cette cuisine qui, une semaine auparavant, lui était complètement étrangère.

À l'aide d'une grosse cuiller, Annie mélangea les ingrédients dans un grand bol de verre. Simultanément, Sébas vérifiait la température du four et sortait une grande tôle à biscuits du tiroir, sous le fourneau. Annie déposa de généreuses portions de pâte, en monticules, sur la tôle. Son grand-frère mit les galettes au four. Il demanda à sa sœur de sortir le pot de mélasse et de placer une nappe et des petites cuillers sur la table. Sébas s'occupa des verres et des bols, rangés dans une armoire trop haute pour que la fillette puisse les rejoindre.

Pendant que les galettes gonflaient et doraient, le frère et la sœur rincèrent des framboises, qu'ils placèrent ensuite dans un gros bol déposé sur la table. Annie regardait tout ça et humait l'air. Mmm! Que ça sentait bon!

— C'est toute une surprise, ça! s'exclama Mme Beaulieu, en entrant dans la cuisine.

Le visage d'Annie s'illumina.

*   *

*

Le couple n'avait pas bien dormi, à Napanee. Dès le lendemain matin, ils avaient pris congé de la parenté et avaient mis le cap sur Ottawa. Huguette avait appelé la Société de l'aide à l'enfance d'Ottawa et réussi à joindre le travailleur social qui s'occupait des Tardif. La retraitée avait expliqué à M. Laframboise qu'elle et son époux désiraient être les tuteurs d'Annie et de Sébastien, si les enfants et leur père le voulaient bien. Le travailleur social avait contacté les deux jeunes. Leur réponse fut rapide et unanime. Sébas jubilait à l'idée d'habiter avec sa sœur, tandis qu'Annie avait bien hâte de revoir les Beaulieu.

Après plusieurs rencontres et beaucoup de paperasse, les Tardif furent conduits à la demeure des Beaulieu. La maison était vieille, mais au fil des ans, Georges l'avait entretenue avec cœur. Ainsi, elle resplendissait toujours. Huguette leur avait montré les deux chambres et donné le choix. Annie opta pour la tapisserie fleurie et le grand lit blanc, tandis que son frère se trouvait heureux du gros bureau et de la chaise devant sa fenêtre. « Ça sera un bon endroit pour faire mes travaux, pensa l'adolescent... Si on est toujours ici à la rentrée... »

Le travailleur social avait réuni les vêtements et les minces possessions que les jeunes avaient abandonnés à leurs anciennes demeures. Quand il vint porter les cartons, M. Laframboise fut accueilli par une famille radieuse. Huguette l'invita à prendre un verre de limonade sur la terrasse à l'arrière, où Georges et les enfants jouaient au paquet voleur. Laframboise profita de l'occasion pour annoncer à Sébastien les conséquences de ses actes.

— Ta fugue n'était pas un crime ; toutefois, entrer par effraction dans une demeure, ça l'était. Ensuite, se sauver de la police constituait aussi une infraction. Bref, la constable Larocque a plaidé en ta faveur, mais tu vas quand même devoir faire du travail communautaire pour le reste de l'été.

Sébas accepta sans rechigner, sachant qu'il se tirait bien d'affaire, après tout ce qu'il avait fait. L'adolescent fut heureux d'apprendre qu'il irait faire du bénévolat à l'hôpital Montfort, trois jours par semaine, jusqu'à la rentrée scolaire. Ce placement près de sa mère était possible grâce à M. Laframboise, qui avait tiré sur les bonnes ficelles (sa façon d'être pardonné pour quelques instants d'incompétence). Sébastien aurait à distribuer les repas, puis à ramasser les plateaux et à les retourner à la cuisine ; il aiderait ensuite à la corvée de vaisselle.

*   *

*

Huguette, Georges, Annie et Sébastien mangeaient tranquillement leurs galettes chaudes, qu'ils trempaient allègrement dans la mélasse. Entre les bouchées, ils s'abreuvaient de lait et jasaient un peu. Annie se promettait d'essayer toutes les glissades possibles (selon sa taille). Les adultes écoutaient la fillette, heureux qu'il y ait de la vie dans leur demeure.

Sébas se chargea de desservir la table et de rincer les assiettes, avant de les placer dans le lave-vaisselle. Quand Huguette s'approcha pour lui donner un coup de main, il la remercia, mais lui indiqua qu'il pouvait s'en occuper. C'était la moindre des choses.

— Écoute Sébastien, on ne vous a pas offert de vivre ici pour avoir des serviteurs. On voulait de la vie pis de la compagnie, lui expliqua la dame.

— Je le sais. C'est ma façon de dire merci, c'est tout.

— S'il veut faire la vaisselle, laisse-le faire. Ça fait des années que tu veux que je t'aide ! dit Georges à la blague.

Tous les quatre se mirent à rire dans la cuisine.

* *

*

Claude fut soulagé lorsqu'il reçut l'appel de son fils, annonçant que son travailleur social avait trouvé une famille d'accueil et que les deux enfants étaient heureux du placement. De plus, les Beaulieu permettaient que soit Annie, soit Sébastien, appelle Claude à Kingston toutes les semaines, pour lui donner des nouvelles. C'était la cerise sur le *sundae*.

— Après tout, l'argent que l'Aide à l'enfance nous donne, c'est pour vous autres. Autant s'en servir pour des interurbains, pour que vous parliez à votre père, avait expliqué Georges aux deux jeunes.

Le prisonnier était reconnaissant. En fin de compte, des gens bien allaient s'occuper de ses enfants pendant qu'il continuerait à compter les jours avant sa mise en liberté. Claude trouvait que sa vie de détenu était plus endurable, maintenant qu'il pouvait communiquer avec ses enfants.

L'isolement se supportait mieux. Le téléphone hebdomadaire devenait la lumière au bout du tunnel, lui assurant quelques minutes de bonheur, bien avant sa libération.

— Bientôt on pourra parler en personne, avait-il promis à Annie.

* *
*

Huguette vérifia que les maillots de bain, les serviettes et la crème solaire étaient bien dans les sacs. Elle envoya Sébastien à la cuisine prendre la glacière avec le pique-nique et lui demanda de verrouiller la porte en sortant. Pendant ce temps, elle alla rejoindre Annie, assise sur les marches du perron. Georges recula la voiture du garage, puis il en ouvrit le coffre pour y placer les sacs que son épouse lui tendait. Un voisin qui arrosait ses plates-bandes l'interpella :

— C'est tes petits-enfants, Georges ?

— Oui, confirma-t-il en souriant.

Sébas faillit échapper la glacière. Annie et lui avaient maintenant des grands-parents adoptifs ! L'adolescent referma le coffre et prit place à l'arrière du véhicule avec sa sœur.

— Va falloir que tu commences à te pratiquer à conduire un moment donné, lui dit Georges. Ben, si tu veux passer ton permis à ta fête. Qu'est-ce que t'en penses ?

— Oui, j'ai pas mal hâte ! s'empressa d'accepter Sébastien, avec le sourire.

* *
*

Le médecin était excité. Lucie Tardif venait de sortir de son coma. Elle ne grimaçait pas et ne murmurait pas non plus. La patiente avait les yeux grands ouverts et elle parlait même un peu. Sa gorge était sèche et donc, elle peinait à prononcer des paroles. Deux infirmières et le médecin examinèrent la femme, toujours confinée à son lit d'hôpital.

— Je sais que tu veux te lever, Lucie, mais il faut y aller progressivement.

— Mes enfants ? réussit à demander la femme.

— Ils vont bien, lui assura l'une des infirmières. Sébastien est venu hier. Il fait du bénévolat à la cuisine, ajouta-t-elle.

Réconfortée, Lucie sourit avant de poser la tête sur son oreiller. Le docteur avait raison : elle devait y aller progressivement. Elle se sentait déjà fatiguée de s'être redressée dans son lit et d'avoir parlé. La voir revenue à la vie, comme ça, ferait toute une surprise à Claude et aux enfants. « Depuis combien de temps est-ce que je suis ici ? se demanda-t-elle. Qu'est-ce qui m'est arrivé… oh, oui, il y avait une voiture ! »

Lucie réussit à rapiécer les faits ayant mené au terrible accident. Maintenant qu'elle n'était plus comateuse, elle pourrait reprendre sa vie.

*　*
*

Le soleil plombait déjà sur le parc aquatique. Il était seulement 11 h, mais il faisait chaud. En un rien de temps, Annie et Sébastien mirent leurs maillots de bain. Annie tira Sébas par la main, jusqu'à la glissade qu'elle voulait essayer en premier. Heureusement, la file d'attente était très courte. Les Beaulieu préféraient les piscines aux glissades. Ils avaient donné rendez-vous aux jeunes à 12 h 30 pour le pique-nique. D'ici là, les enfants pouvaient s'amuser entre eux.

– Dis, qu'est-ce que t'en penses? demanda Huguette.

– On a fait le bon choix, lui assura Georges.

Le couple souriant se laissa flotter dans la grande piscine, pendant que Sébas et Annie profitaient pleinement de la belle journée d'été. Enfin, ils pouvaient s'amuser comme ils le faisaient avant, avec leurs parents. La fillette avait hâte de raconter ses exploits de la journée à son père. Il serait sans doute fier d'elle, car elle n'avait pas peur d'essayer plein de glissades terriblement hautes, même dans le noir. Après tout, elle glissait avec Sébastien. Il n'y avait de quoi s'inquiéter. Il la protègerait toujours, Annie en était certaine.

Épilogue

Lucie avait revu ses enfants, peu de temps après être sortie de son coma. Pendant deux longues semaines, elle avait dû demeurer à l'hôpital, car elle n'avait pas retrouvé toutes ses forces. Mme Beaulieu amenait quotidiennement Annie voir sa mère. Sébas venait aussi avec sa tutrice et lorsqu'il effectuait ses heures de service communautaire. La mère se réjouissait de voir ses enfants à chaque jour. Elle avait cependant été attristée d'apprendre ce qui était arrivé à son époux, si loin au pénitencier de Kingston. Quand son aîné lui avoua sa fugue et ses vingt-quatre heures d'aventure, Mme Tardif en pleura un coup : leurs ennuis étaient venus de son accident, à cause d'un chauffeur irrespectueux du code de la route.

Enfin, Lucie put quitter l'hôpital. Officiellement sans abri, elle fut accueillie à bras ouverts chez les Beaulieu. Le couple laissa la maison aux Tardif pour quelque temps, ayant décidé de retourner à Napanee revoir la famille qu'il avait brusquement quittée pour revenir à Ottawa. Georges et Huguette étaient heureux que la mère de leurs pseudo-petits-enfants se soit rétablie.

* *
*

— Sébas ! Sébas ! Oui, vas-y ! cria la jeune femme.

Puis, lorsque Sébastien marqua un essai, elle hurla de plus belle.

— T'as vu ? Mon chum vient de gagner plein de terrain !

— Brigitte, oui, oui, on le sait... Sébas est bon, mais tu pourrais baisser le ton... tout le monde te regarde !

Nikki et les autres protestaient, mais Brigitte s'en foutait. Peu importait que le monde entier ait les yeux sur elle. Elle était heureuse et fière de son copain, qui excellait dans ses études autant que dans son sport. Sébastien et elle sortaient ensemble depuis quelques mois. Ils s'étaient croisés à l'Université d'Ottawa, alors qu'ils attendaient en file pour acheter des recueils de notes, au comptoir de la reprographie au sous-sol de la bibliothèque Morissette. Les deux jeunes gens s'étaient immédiatement reconnus et ils ne s'étaient presque pas quittés depuis. Le couple sortait au cinéma, au restaurant et parfois avec des amis, au chalet des parents de Brigitte.

Étant donné qu'un ordinateur était le seul outil nécessaire, la traductrice Tardif reprit du service au bout de quelques mois, malgré sa longue absence. Avec joie, elle vaqua à ses occupations, soulagée de ne pas souffrir d'amnésie ou d'autres séquelles. Le salaire qu'elle touchait allait aider sa famille à retrouver son indépendance. Elle allait devoir travailler fort, pour compenser la perte de revenus de Claude, qui aurait sans doute de la

     24 heures de liberté

difficulté à se trouver un emploi, une fois libéré de prison.

Lucie avait réussi à acheter une petite maison en banlieue d'Ottawa. Elle attendait impatiemment la libération de son mari, afin que la vie de la famille Tardif redevienne stable. Annie se portait bien. Elle avait rencontré plein de nouveaux amis à l'école. Elle s'amusait souvent au parc et accompagnait occasionnellement les Beaulieu en voyage, à bord de leur véhicule récréatif. Annie aimait bien le camping et surtout les feux de camp ; elle adorait faire rôtir des guimauves sur les braises. Au début, la fillette avait hésité à accueillir Brigitte. Elle ne voulait pas partager son frère avec une autre fille. Après quelques rencontres, elle s'aperçut que l'étudiante universitaire était bien gentille et l'invitait même à magasiner au centre commercial. Brigitte lui achetait toujours de la crème glacée au chocolat. Annie et Brigitte devinrent de bonnes amies, à la grande joie de Sébastien.

*   *

*

Vint le jour où les Tardif se rendirent à Kingston, car Claude était libéré en matinée. Le détenu avait enfin purgé sa peine.

Tous les occupants de la voiture étaient tranquilles. Ils rêvaient à cette réunion familiale depuis si longtemps. Enfin, elle aurait lieu. Sébastien regardait le paysage qui bordait l'autoroute. Rien n'avait changé depuis qu'il s'était rendu à Kingston avec sa sœur, en faisant de l'auto-stop. Certains commerces avaient fermé leurs portes, mais d'autres avaient ouvert. Sur ce parcours, tout lui semblait figé dans le temps. Toutefois, la transformation de l'adolescent demeurait évidente. Quant à elle, Annie retint que même si son père était emprisonné bien loin, il n'avait cessé de penser à elle et de l'aimer.

Claude avait survécu à sa longue incarcération, sans perdre le nord et sans succomber à la tentation de s'évader. Le détenu Tardif était heureux de ne pas avoir aidé d'autres prisonniers, car ceux qui avaient tenté de s'échapper avaient vu leur peine se prolonger de cinq ans. En somme, les appels de ses enfants, puis ceux de sa femme, sans compter leurs visites occasionnelles, avaient permis à Claude d'endurer la solitude forcée. Lorsqu'il ne communiquait pas avec les siens, il étudiait pour réussir à se faire embaucher en sortant de prison. Il avait à cœur que la vie des Tardif se stabilise une fois pour toutes.

Le prisonnier ramassa ses maigres possessions et salua pour la dernière fois quelques prisonniers avec lesquels il avait tissé des liens amicaux. Il tremblait. Était-ce la peur ou la joie ? Claude croyait à un mélange des deux. L'homme avait ouï dire que de nombreux détenus ne devenaient jamais tout à fait capables de réintégrer le vrai monde après leur libération. Une certaine peur de l'inconnu pouvait bouleverser les prisonniers, car le monde avait évolué pendant qu'eux stagnaient, n'ayant que vieilli.

Quand un geôlier lui remit les vêtements qu'il avait portés en arrivant, il enleva sa combinaison de prisonnier. Ses vêtements lui semblèrent étranges par leur texture et leur coupe. Claude avait perdu du poids, il dut serrer sa ceinture de deux trous. Dans un miroir, il ne vit qu'un spectre de l'homme qu'il avait été. Il se jura de ne plus jamais mettre les pieds dans ce pénitencier. Le père de famille avait appris sa leçon, elle lui avait coûté assez cher.

Lorsque Lucie et les jeunes arrivèrent au centre de détention, ils hâtèrent le pas afin de rejoindre Claude le plus rapidement possible. Sous l'œil curieux d'un geôlier, ils s'enlacèrent. Puis, ils quittèrent l'édifice, pressés de mettre la prison derrière eux. Les quatre membres de la famille prirent place dans la berline et se dirigèrent vers la capitale afin de reprendre leur vie où elle s'était arrêtée quelques années auparavant. Enfin, les Tardif étaient réunis.

*   *
*

La salle Southam du Centre national des arts était comble, pour la collation des grades de l'Université d'Ottawa. Les diplômes étant attribués par ordre alphabétique, Sébastien devait patienter. Les Tardif, les Beaulieu et Brigitte attendaient qu'il reçoive enfin le diplôme qui couronnerait le succès obtenu dans ses études en droit.

Sébas avait consacré de nombreuses heures à étudier, en plus de garder un emploi à temps partiel pour aider sa famille. De plus, il avait mené une vie sociale riche en émotions. Depuis quelques mois, le jeune homme pouvait garder tous ses chèques de paye. En effet, Claude était enfin de retour sur le marché du travail, grâce à la constable Larocque. Cette dernière lui avait permis de se trouver un emploi au sein de la G.R.C. Quoi de mieux que d'embaucher un fraudeur versé en informatique, pour mettre la main au collet d'autres fraudeurs ?

Lorsque le recteur nomma Sébastien Tardif, le jeune homme hésita à se lever. Martin Tessier, assis à sa droite, lui donna un coup de coude dans les côtes. Sébas se leva d'un bond et monta sur la scène, où il reçut le rouleau de papier pour lequel il avait tant travaillé. Six personnes se levèrent et applaudirent très fort. Sébastien regarda sa famille élargie, qui le félicitait bruyamment. Il avait réussi !

* *

*

Sébastien et Brigitte s'étaient rendus à la marina. Le jeune homme sortit deux sacs et une glacière du coffre de son coupé. Sa copine empoigna un sac ; il s'occupa du reste. Le couple marcha jusqu'au bateau. D'un bond agile, Brigitte sauta sur la plateforme à l'arrière et se mit à enlever les toiles. Elle les plia et les remisa dans un compartiment, sous un siège. Sébas déposa leurs bagages dans le bateau avant de sauter à bord. Pendant que sa bien-aimée démarrait le moteur, il détacha les amarres et poussa légèrement l'embarcation loin du quai. Le moteur ronronna, Brigitte tira le bras de la transmission en marche arrière et ils partirent pour l'île. Sébas et sa copine avaient planifié cette escapade depuis plusieurs jours. Ils allaient pouvoir se reposer au chalet, lieu de leur première rencontre plusieurs années auparavant.

— Tu sais, ça me tente quasiment de te pousser à l'eau... dit Brigitte.

— Pourquoi ? s'alarma Sébastien.

24 heures de liberté

– Pour que tu sois trempé comme la première fois qu'on s'est vus, ricana-t-elle.

– OK! répondit Sébastien avant de sauter à l'eau et de nager vers la rive.

À propos de l'auteur

Né à Ottawa, Pierre-Luc Bélanger montre, dès son plus jeune âge, un intérêt marqué pour la lecture. Insatiable, il s'intéresse à tout, contes, romans, BD, magazines, même à ce qui est écrit sur les emballages ! Toutefois, il préfère les polars et les romans du terroir. Une fois au secondaire, il se lance dans l'écriture, en français et en anglais, de chansons, de poèmes, de scénarios, de pièces, de nouvelles littéraires et de romans.

Il poursuit des études à l'Université d'Ottawa où il obtient un baccalauréat en lettres françaises et en histoire, puis un autre en éducation, avant de compléter une maîtrise en leadership en éducation. Depuis, il est enseignant de français et intervenant en politique d'aménagement linguistique dans une école secondaire à Ottawa.

Dans ses temps libres, Pierre-Luc dévale les pentes en ski alpin, sillonne des lacs en ski nautique et se balade en kayak. Fervent voyageur, il a visité quatorze pays dans le monde et, pour lui, ce n'est qu'un début!

En publiant son premier roman, *24 heures de liberté*, ce pédagogue réalise un rêve, celui de raconter aux adolescents une aventure qui saura leur donner le goût de la lecture et – qui sait peut-être – de l'écriture.

Table des matières

14/18

Collection dirigée par Renée Joyal

BÉLANGER, Pierre-Luc. *24 heures de liberté*, 2013.

FORAND, Claude. *Ainsi parle le Saigneur* (polar), 2007.

FORAND, Claude. *On fait quoi avec le cadavre ?* (nouvelles), 2009.

FORAND, Claude. *Un moine trop bavard* (polar), 2011.

LAFRAMBOISE, Michèle. *Le projet Ithuriel*, 2012.

LAROCQUE, Jean-Claude et Denis SAUVÉ. *Étienne Brûlé. Le fils de Champlain* (Tome 1), 2010.

LAROCQUE, Jean-Claude et Denis SAUVÉ. *Étienne Brûlé. Le fils des Hurons* (Tome 2), 2010.

LAROCQUE, Jean-Claude et Denis SAUVÉ. *Étienne Brûlé. Le fils sacrifié* (Tome 3), 2011.

MARCHILDON, Daniel. *La première guerre de Toronto*, 2010.

PÉRIÈS, Didier. *Mystères à Natagamau. Opération Clandestino*, 2013.

ROYER, Louise. *iPod et minijupe au 18e siècle*, 2011.

ROYER, Louise. *Culotte et redingote au 21e siècle*, 2012.

Couverture : photomontage
(© Olena Sokalska | Deposit Photos, © kojoku | iStock Photos).
Photographie de l'auteur : Krystle Brown
Maquette et mise en pages : Anne-Marie Berthiaume
Révision : Frèdelin Leroux